VARIOS TEXTOS INÉDITOS
(HASTA QUE SE PUBLIQUEN)
Y UNA CODA DE AMOR QUESUNO

ExLibric

SANTIAGO SERRANO MARTÍNEZ-RISCO

VARIOS TEXTOS INÉDITOS
(HASTA QUE SE PUBLIQUEN)
Y UNA CODA DE AMOR QUESUNO

EXLIBRIC
ANTEQUERA 2025

SANTIAGO SERRANO MARTÍNEZ-RISCO

VARIOS TEXTOS INÉDITOS
(HASTA QUE SE PUBLIQUEN)
Y UNA CODA DE AMOR QUESUNO

Dedicatoria

A todos quienes han tenido la paciencia de leer mis dos libros anteriores.

A todos los que ni siquiera se han enterado de que he publicado un libro.

A todos los que, habiéndose enterado, no han querido o no les ha apetecido leerlo.

A quienes me han animado, a pesar de todo, a seguir escribiendo.

A quienes me lo han desaconsejado con viveza.

Y a quienes no han mostrado el más mínimo entusiasmo, ni en el ánimo ni en el desánimo.

Por ellos y para ellos, niños, mayores y medio pensionistas, de cualquier edad o género, mi tercer libro ve la luz y yo intento con ello no apagarme.

Para mi familia, que me aguanta siempre; para mis amigos, en los que me apoyo, de igual forma; y para todos los desconocidos que vaya a encontrarme en el camino.

¿Por qué no recordamos la noche en que reía
la vida en nuestra boca, y nos daba pereza
aburrirnos, quejarnos, desdecirnos, abolirnos, dudarnos?
GONZALO ESCARPA, *Quiero decir*

En todo caso le queda a uno la defensa
de los indefensos: el humor.
VICENTE RISCO, *Leria*

La vida es poco más que ese periodo
en el que nada cabe y cabe todo.
La vida es el mayor de los regalos.
STEWART MUNDINI

Poets have been mysteriousley silent on the subject of cheese.
G. K. CHESTERTON

Preámbulo

Se aseguró de que la oscuridad había desplegado sus tentáculos y no dejaba resquicio por el que la luz pudiera colarse.

Se puso su traje negro, su sombrero más oscuro y la corbata de las grandes ocasiones, roja como la sangre derramada.

Se calzó unos zapatos que rimaban consonantes con la negritud.

Feliz, tras superar por fin otro día luminoso, odioso y límpido, acompañado y casi oculto por las sombras, salió en busca de la inspiración que el día siempre agosta.

—Allá vamos —dijo a modo de admonición—; si gustáis, solo si realmente os sentís con ánimo, acompañadme…

Los pensamientos gaseosos

El alcohol se había prohibido, por fin.

Lo habíamos prohibido después de una larga polémica; en ningún establecimiento abierto se podía servir ni una gota.

Logramos un mundo sin tabaco, donde hacía décadas que nadie podía reunirse en torno al humo para intercambiar opiniones o tratar de imponer las propias a base de aspirar ceremoniosamente, para que las ideas pudieran rotar en libertad.

A continuación, le tocó el turno a la carne roja: fue prohibida tras un largo periodo en que expusimos, didácticamente, sus peligros. Aunque lo más efectivo fue prohibir su venta bajo pena de multa primero, e incluso de privación de libertad a quien promoviera su comercio.

Se estaba quedando un mundo maravilloso; seguíamos cobrando impuestos a quien fumara en sitios privados, procurando que fueran cuantiosos y que el proceso de cobro fuera rápido, más que nada para que el ingenuo contribuyente pagara antes de que le llegara la muerte.

Lo del alcohol fue otra historia: no renunciaríamos al cobro del Impuesto al Hígado Enfermo, pero el plazo para convencer a los ciudadanos de que no solo era malo reunirse en torno a un cigarrillo compartido, ni frente a una carne bien servida, sino que lo era también si lo hacían en torno a un vino o a una cerveza…

Recuerdo reuniones maratonianas en que la ansiedad y los choques entre las distintas facciones del gobierno nos hacían fumar un cigarro tras otro y beber *gin-tonics* sin recato.

Los más radicales querían directamente prohibir las reuniones, de las que podía surgir alguna idea disruptiva; sin embargo, los más moderados solo queríamos seguir con las prohibiciones, siempre buscando el bien público.

Recuerdo que, cuando triunfamos los últimos y publicamos el decreto que prohibía el alcohol en cualquiera de sus formas, lo celebramos repartiendo unos magníficos Cohíbas y bebiendo un Ardbeg Uigeadail Single Malt, después de comernos unos buenos chuletones de carne de wagyu, en una noche memorable en que el pueblo, agradecido, brindó con un vaso de gaseosa La Pitusa, que había vuelto a tener gran proyección, si bien los gases tampoco eran excesivamente sanos y su prohibición estaba ya en nuestro punto de mira.

La solidez del humo

El humo del cigarrillo revoloteaba con calma, tratando de alcanzar la mortecina lámpara del local, que con su habitual intermitencia se acompasaba a la desgana del músico a quien ya nadie escuchaba a aquellas horas de la madrugada, ni creo que nadie se había detenido a escuchar desde que, como un fantasma, con pasos silenciosos y dubitativos, entró al local y se dirigió con sigilo al mínimo banco que moraba, años ha, frente a las teclas amarillentas. Aunque, en realidad, para ser sincero, ni siquiera puedo asegurar que el músico hubiera estado allí en algún momento, o que estuviera en ese preciso instante, en ese instante tan preciso como el que cabe en todas las ficciones; nadie podía saber si estaba escondido tras el humeante cansancio que envolvía a la variopinta fauna que poblaba el bar, la de todas las noches invariables y apresuradas que siempre se resumían en esta, que nos bebíamos como en un sueño casto y a la vez lujurioso.

Nadie, en efecto, lo había visto entrar, nadie se había fijado en la pesadumbre con la que puede que destapara las teclas del viejo piano y tampoco nadie se había molestado en observar cómo las podía haber empezado a golpear, con una lentitud enfermiza, que quizás le llevó a conseguir exprimirles, con un titánico esfuerzo, unas notas tan tristes como las que ahora apenas podrían oírse. Nada más triste que unas notas inaudibles, que se agotan tan rápido que ni siquiera llegan a brotar.

Era el último cigarrillo de mi segundo paquete de aquella noche en la que decidí, de una vez por todas, con una solidez de hierro, superando mi desidia cotidiana, que tenía que empezar a fumar. Consideré que era lo más aconsejable, animado por mis conocimientos médicos, adquiridos por ósmosis, ya que trabajaba en un hospital: era el chico en quien nadie repara, el que a diario trata de dejar impoluta la sala de autopsias. Tenía también ciertos conocimientos más específicos, de cirugía. No en vano, en esa misma sala en que los cadáveres esperaban su ascensión al cielo o su bajada a los infiernos, o por ser más precisos, en que las almas estaban esperando despegarse de los cuerpos para ese ascenso o descenso, me había amputado la mano derecha para dejar de escribir estas pequeñas historias, estos relatos ínfimos que nadie entendía y que me dejaban una profunda desazón y un triste sabor a sangre desalada en el paladar.

Dispuesto a abrir el tercer paquete de cigarrillos sin filtro, esos cigarros que carecen de toda piedad y que te inoculan el humo de manera certera, me acerqué a la boca el vaso de un vidrio salvaje, colmado de un brebaje venido de lejos, de un *bourbon* escogido del que ya iniciaba, o eso recuerdo, mi vigésimo vaso. Los ojos se me cerraban mientras miraba cómo la camarera se contoneaba sin ninguna gracia al ritmo de la música que se había apagado tanto que a aquellas alturas ya no se oía, en un tiempo que solo persiste en mi memoria y que trato de sacar a flote con mi mano izquierda, única que me queda después de una decisión que, tras la sosegada reflexión que tan solo ha acudido a mí una vez cargado de humo y alcohol, entiendo fue algo precipitada.

Piedra sabia

El mundo está revuelto.

Las voces que salen de la pequeña radio, de la antigua radio de galena que está enchufada en la cocina desde que el paso del tiempo ha logrado definitivamente que se pierda en los sinuosos pliegues de la memoria y que se esconde bajo un enorme cajón de madera que descansa plácidamente, a su vez, sobre la vieja repisa habitada por pequeñas y casi ingrávidas arañas, aparte de interrumpir el borboteo generoso de las ollas, el leve crepitar del vapor que asciende con una constancia que parece infinita y el olor que desprenden las verduras mientras se ablandan, vaticinan un futuro gris y un presente incierto, que es corroborado por el chisporroteo intermitente y festivo de las chuletas de un cordero lechal, recién destetado, del que todavía podría escuchar sus tenues gemidos si tuviera el oído atento y la mente fresca y abierta como la de un niño que no ha empezado la escuela.

Tan fresca y abierta como la de un infante que todavía corriera a su aire, feliz y despreocupado, porque los adultos aún no han tenido tiempo de fijar su atención en él para tratar de educarlo.

Más allá de las divagaciones, me veo dormitar en una esquina, justo en aquella en la que la cocina en la que se confunden las voces y los olores va perdiendo su nombre, justo en el quicio que da paso a una pequeña y angosta transición hacia la terraza ancja. Me parece ver que estoy sentado al calor de una piedra sabia que por ello permanece y permanecerá siempre callada, como lo ha estado aun antes de que la rodearan los muros de esta casa solariega que la ha dejado prisionera.

Aunque las voces son como una salmodia insistente que apenas pueden distinguirse y que se confunden con el ruido del agua hirviente en los cacharros e incluso con el grito desesperado del cordero lechal, sé que son voces negras que vaticinan un mal futuro o malas voces que anticipan un negro futuro, que viene a ser casi lo mismo, pero que pierde el equilibrio en ese casi que hace que nunca llegue a ser.

Con ese apoyo afortunado de la piedra antigua, que noto me cubre la espalda y que me inunda de serenidad la mente, ya de por sí amodorrada, prácticamente durmiente, el mundo pasa de largo o, cuando menos, estoy casi seguro (otra vez casi, ese casi que diluye cualquier certidumbre) de que a mí me supera, de que me adelanta de mala manera por mi flanco izquierdo, si bien sin acelerar definitivamente, sin abandonarme de una vez para siempre, o al menos así creo intuir que sucede.

El calor del humo continúa expandiéndose con la donosura propia de lo ingrávido y hace que el sueño por fin me rinda, que pase de durmiente a dormido, y que siga en los brazos de un dulce sopor agradecido, de ciudadano pasivo y desencantado.

Cuando despierte, estoy casi seguro, con esa incertidumbre recia que suele siempre guiarme, de que ya será demasiado tarde…

Condenadamente mortal

¡Que les corten la cabeza!

Su voz sonó tronante, una orden que salía desde lo más profundo de su egregia persona. No sabía, ni le importaba, a quién ordenaba matar, ni si había razón alguna para ello. Había exigido que este espectáculo se repitiera, para su disfrute y el de sus súbditos (sobre todo para aquellos que no se veían en el trance de perder la cabeza), al menos una vez al mes. La cadencia perfecta, la de una renta para el disfrute de una vivienda que jamás será tuya y en la que nunca echarás raíces.

Tenían que ser, lo tuvo claro desde el principio, tres decapitaciones; un trío era lo más adecuado para adornar aquel pequeño escenario al aire libre que para esas ocasiones se engalanaba con motivos festivos. A veces había tres criminales que merecían morir a la vista de todo el mundo, pero en ocasiones había que improvisar o, al menos, completar el trío con uno o dos ciudadanos escogidos al azar. No importaba, de ese engorroso trámite se encargaba el chambelán. Todos entraban en el sorteo, incluida la propia reina que, aunque se sentía y era un ser evidentemente superior, no quería aparentar que estaba por encima del pueblo en esa ruleta rusa que organizaba todos los meses. Aunque la verdad nunca le había tocado a ella, si bien no parecía que fuera cuestión de suerte o quizá sí; quizá era tan afortunada que nunca le tocaría el boleto que conducía al cadalso.

El chambelán, que tampoco había tenido nunca la fortuna de ser uno de los elegidos, sabría por qué. Al fin y al cabo, él tenía la misión de organizar la ceremonia y escoger a los afortunados; ya se sabe: participar es ya de por sí un premio y de vez en cuando es sano y hasta jacarandoso perder la cabeza.

El caso es que, terminando esa frase tan rotunda, según había sido costumbre que finalmente se había convertido en ley, más allá de la simple *consuetudine* o más bien por haberlo sido durante tanto tiempo, la guillotina cayó al unísono sobre los tres cuellos recién colocados debajo de la afilada y rutilante cuchilla, que se estrenaba en cada ocasión —ante todo la asepsia—, e hizo que las tres cabezas rodaran hasta el extremo del manto real. La inclinación era la justa para que, una vez separadas de sus respectivos cuerpos, quedaran en ese lugar, siempre boca arriba, con el cuello apoyado en el manto, de manera que los ojos, abiertos de par en par, fingiendo sorpresa, dirigieran su mirada sorprendida justo a los ojos de la reina, en el mismo instante en el que ingresaban en el reino de la nada que ya los acogía.

Eran esas miradas las que la propia reina empezaba a añorar en cuanto le retiraban las cabezas y las que coleccionaba en su memoria para ayudarla a soportar que era condenadamente mortal.

De derrota en derrota

Es fácil ir de derrota en derrota hasta la quiebra final, hasta sumirnos en el ansiado abismo que nos acogerá sin reproche alguno.

Cantar las victorias es lo más socorrido, es condenadamente fácil, pero narrar con voz lánguida y quebrada una gran derrota es la única y verdadera forma de ganar para siempre.

Por más que pretendamos escondernos, desaparecer tras las veladas lágrimas que cubren nuestro rostro, allí estaremos nuevamente en pie, buscando nuevos tropiezos.

Así lo pienso y siento cuando, acabando el día, la noche empieza a arroparnos y nuestras ilusiones comienzan a convertirse en ceniza.

En el instante mismo en que la luna se asoma y me ofrece —a destiempo— su media sonrisa.

Un día cualquiera

Los perros, distantes, ladran sin descanso.
Destrozan sin misericordia el silencio.
Atacan sin piedad la calma.
No sé si oigo algún pájaro cercano;
es el único que podría quebrar
todos los quizás imaginados.
Sí escucho el oscuro tecleo acostumbrado:
trata en vano de sembrar hoy el mañana,
deja, no obstante,
este pobre resultado.

Despertares

Suena el despertador, obligándome a salir de golpe de la plácida ensoñación en que me hallaba. Me saca de ese duermevela placentero que, a veces, nos atrapa de tal forma que no permite el despertar. No debe ser saludable abrir los ojos a golpe de gong, del incómodo sonido que, seguramente, cuando programé el despertador, me pareció razonable.

Tras el aldabonazo infame, por si no fuera suficiente, casi al unísono se enciende la radio y se oye la voz entusiasta (¡a esas horas!) de un locutor que debe llevar en su estudio, a kilómetros de donde me encuentro, gran parte de la noche. Todavía no entiendo muy bien lo que dice, no logro descodificar el sonido que emana del transistor y que mi cerebro lo convierta en palabras identificables, a pesar de que habla un español estándar, con todas sus eses. No debo de estar en el sur, donde la gente no esconde sus acentos, aunque tampoco (así de lento soy al despertar) logro ubicarme.

Tan solo me ha dado tiempo a entrever la ventana que tengo a los pies de la cama, justo delante; estoy casi seguro de que esos que veo en primer plano son mis pies, son unos dedos que puedo reconocer, ya que, tumbado todavía, a contraluz, me quedan a la altura de los ojos; dejan que un haz incisivo y desvergonzado se filtre y aparezca un color tenuemente anaranjado. Aunque, en realidad, pensándolo bien, esos pies podrían ser de cualquiera. Son iguales a los de cualquiera.

Suelo fijarme, con gran detenimiento y de forma concienzuda, en los pies desnudos de quienes andan sobre la arena de la playa en verano. Me llaman la atención y prefiero fijarme en esos apéndices que les permiten caminar erguidos, que en sus rostros; por eso sé que sus diferencias son tan sutiles que, a primera vista, no es posible diferenciarlos.

Detrás de los pies, de eso no hay duda, la ventana.

Abierta de par en par, permite que entre una suave brisa que trae ya el olor de algún café descabalgado y la salobridad del mar que intuyo no debe andar muy lejos.

Mi cabeza está trufada de alfileres que me pinchan con mucho compás. El sur queda confirmado, pero sigo intentando reubicarme y lo hago en una mañana que, a pesar del cielo despejado que puedo ya divisar tras la ventana, creo que me resultará nublada. Sin duda, consecuencia de la borrasca que empecé a fraguar anoche en algún antro que, por ahora, tampoco consigo recordar.

Trastabillándome un poco, me siento en la cama, más que nada para poner los pies en el suelo y que su frialdad me ayude en el arduo proceso de incorporarme de nuevo a la vida.

Sin duda, como siempre, lo conseguiré.

O quizás no, pero realmente eso, como tantas otras cosas, carece de importancia.

Hagan sus apuestas

Recuerdo cuando era un niño y entraba en un supermercado de esos en cuyos estantes se acumulan todo tipo de mercancías sin ton ni son.

Parecen ordenadas, porque están cada una en su balda y cada producto se encuentra junto con sus iguales, pero en realidad carecen de ningún orden racional y cambian de lugar con más frecuencia de la que sería deseable.

Solía perderme entre los pasillos hasta encontrar aquello que me había pedido mi madre, creo que para perderme también ella un poco de vista.

Era una auténtica heroicidad encontrar la caja de galletas surtidas que tanto me gustaba y que no estaban entre los desayunos, ni entre los dulces, sino apartadas en un estante especial, más allá de los productos de limpieza e higiene personal y de la ropa barata, entre las denominadas *delicatessen*. Iba con mi caja recién cazada y buscaba nuestro carro que ya había mutado hacia un lugar desconocido.

Mi contento se tornaba en angustia y solo cuando lo distinguía allí al fondo, entre quienes esperaban para comprar embutidos, la alegría volvía a instalarse en mí y empezaba a sonreír.

Pero no todo estaba arreglado, porque justo antes de llegar a mi ansiada meta, para depositar las galletas en el carro, allí estaban los pasillos de los congelados y aquello me superaba.

Los yogures pasando tanto frío, los helados en sus neveras, y sobre todo, las patatas ya cortadas, listas para freír, que imaginaba

27

completamente congeladas dentro de su bolsa, hacían que la angustia volviera y que las lágrimas acudieran prestas a mis ojos.

De mayor fundaría una ONG que se dedicaría al rescate de los congelados, les devolvería la dignidad que les arrebataban los distribuidores al meterlos en esas cárceles desabrigadas.

Viendo ese espectáculo tan irritante, mi berrinche no podía sino aumentar.

Me tumbaba allí en medio, entre la multitud que inundaba esos pasillos (sobre todo los calurosos días de verano), llorando sin consuelo.

Amablemente el seguridad, que ya nos conocía, pues era de nuestro barrio, casi vecino, venía a consolarme y tratar de que me calmara.

Era en vano, no lo conseguía.

Empezaba a arremolinarse gente alrededor observando el espectáculo, ciertamente digno de admirar y en mi recuerdo la gente hacía apuestas. «¿Quién ganará?», el amable aspirante a policía, joven y musculoso, o el niño que le aporrea sin piedad con una caja de galletas, sin duda arrebatado por su extraña fobia. «¡Hagan sus apuestas!», se escuchaba gritar por los altavoces del establecimiento.

Cosas imposibles

Me ocupo desde que ya no recuerdo, según mis cálculos —cálculos precisos, según podéis ver—, del Negociado de las Cosas que Nunca Han Llegado A Existir.

Soy funcionario de carrera, por concurso-oposición. En mi tarjeta, debajo de mi nombre y de mis apellidos, que se dibujan con letra sobria y sencilla, negra como el aire que se respira junto a una mina de carbón, consta mi destino, con el que se adivina mi cometido:

Ministerio de la Felicidad,
Sección Orgullo Inútil,
Departamento de Cosas Imposibles,
Negociado de las Cosas Que Nunca han Llegado A Existir.

Aquí se guardan objetos sencillos, comprados con el presupuesto que todos los años sobra del Ministerio del Amor Incondicional; desechables para la mayoría, pero de una belleza rara y subyugante.

Perfectamente ordenados en nuestro enorme almacén —un almacén que, lógicamente, no tiene ni principio ni fin y es el mismo en el que se guardaban los archivos del desaparecido Ministerio de la Ciencia e Inteligencia Natural, hoy devenido inútil por trasnochado—, podemos ver:

Mesas que cojean de las cuatro patas.

29

Instrumentos musicales que suenan solo los lunes y algún domingo en que se adelantan sin aviso previo, cogiendo a los músicos desprevenidos.

Copas que nunca se colman.

Lámparas que solo se encienden de día y que pasan las noches discutiendo con el sol, de las llamadas argumentativas.

Relojes que pierden las horas a medida que el tiempo va pasando.

Brújulas que vagan sin rumbo, totalmente desnortadas.

Teteras que hacen un café oscuro y amargo.

Y, para dar ambiente, hablando con una constancia admirable desde sus púlpitos, en idiomas inventados, políticos tartamudos de un pie.

Todos los días acudo al almacén y lo primero que hago, desde las ocho y media de la mañana, es pasear contemplando las últimas adquisiciones, comprobando que todas y cada una de ellas conservan el estigma de imposibilidad que justifica que se hayan traído hasta allí.

Pocas veces he de rechazar algún objeto equivocado que, por error, ha llegado hasta nosotros y al que enseguida noto su claro aspecto de estar fuera de lugar, por racional y cartesiano. Los ojos me empiezan a picar en cuanto lo veo.

Cuando llega la hora del desayuno, media hora después de haberme incorporado al trabajo, me sirvo el café de la tetera en una taza sin fondo, que tiene forma de lágrima.

Excitante afán

Nadie en mi familia, quiero decir, nadie de mis ancestros más conspicuos, había sido registrador de la propiedad.

Recordaba que había habido jueces de alguna relevancia, magistrados de alguna Audiencia con toga de cierto relumbrón, y puñetas como claveles blancos e impolutos, todo el día volcados sobre la triste e infame prosa jurídica que emanaba del Supremo, el Tribunal —he de aclarar—, aunque para ellos debería ser, sin duda, el Ser Supremo; así lo consideraban.

Eran de una seriedad monacal, como el monje al que retrata Umberto Eco; no habían permitido nunca que una sonrisa, por leve que fuera, entrara en sus geométricas vidas, dedicadas al estudio de una disciplina cuya finalidad, simplificando un tanto, no era sino la de adiestrarnos.

Sin embargo, yo, que también había nacido serio, tan serio que no me permití una sonrisa a lo largo de mi vida, que no había sonreído ni siquiera en mi más tierna infancia, cuando mis tías me hacían carantoñas y era el centro de atención, no quería seguir los pasos de esos juristas que me precedieron.

Aunque me llamaban el malaje, quise ir más allá del encorsetamiento monacal de esos seres perfectos que habían portado toga y puñetas.

Recuerdo que, recién abandonado el jardín de infancia, cuando empezaron a intentar desasnarme en el colegio y los voluntariosos maestros empezaron a podar nuestra desbordante imaginación infantil, dejándola como un árbol que hubiera crecido en mitad del desierto o como los árboles de un bosque después de un incendio provocado, listos para empezar a sembrar en el yermo en que lograron convertir nuestras cabezas sus pobres e improductivas ideas de adulto que nos desgracian para siempre, a mí me ponían de ejemplo, porque había tenido la fortuna de nacer sin imaginación.

Se dieron cuenta cuando una maestra, de eterna sonrisa y falda más corta que su cerebro, nos fue preguntando, con un despliegue de originalidad, qué queríamos ser de mayores.

Todos, pobrecitos, seres todavía libres, pues todavía era reciente su entrada en la institución cuyo objetivo sería extraerles esa bendita y envidiable libertad originaria, soñaban con ser músicos, deportistas, actores de Hollywood o Bollywood, divas de teatros imposibles, corsarios que cruzan el ancho océano, cazadores de ballenas bizcas que huyen de los marineros japoneses…, salvo yo, que di una respuesta que a mis compañeros les dejó sorprendidos y a la educadora gratamente satisfecha: quería ser, a mis recién cumplidos tres años, registrador de la propiedad.

Vestirme con un traje azul, con pinta siempre de estreno, corbata roja, pelo cortado a cepillo, gafas de diseño, y enfrascarme en esos grandes libros, resignadamente antiguos, para, con una letra minúscula y esférica, apuntar los nombres, apellidos y demás datos precisos de los compradores de los inmuebles pertenecientes a mi jurisdicción o, mejor aún, para, tras el apasionante estudio de la escritura presentada, denegar la inscripción por encontrar algún defecto imperdonable.

Me parecía una ocupación tan apasionante que, ahora que soy viajero impenitente —en eso me he convertido, a base de matar todas mis ilusiones— y narro mis peripecias por el ancho mundo en libros que todos quieren y compran, mientras miro las estrellas tumbado en un claro, en plena selva del Amazonas, no dejo de soñar con el aroma rancio de un despacho en que unos empleados de dioptrías inviables se dejan los ojos sobre esos maravillosos libros que no dejaría tocar a nadie y que rellenaría personalmente con una letra redondeada que causaría admiración y que solo podría haber conseguido tras años de excitante afán.

Dicen

Dicen que soy musicalmente arrítmico.

Que cuando la música suena, la emoción me aturde y salgo a la pista de baile, esos movimientos míos, en los que pongo el alma, no se acompasan al sonido que de inmediato me atrapa y me expulsa del mundo.

Cierro los ojos, y noto que me muevo con la gracia de un pulpo al que las olas mecen y que se deja llevar, aventando sus ocho patas al ritmo de las corrientes, con el donaire con que la vaca trasiega la hierba del prado nuevo cuando el verano empieza a ser tan solo un recuerdo, con la discreción del cochino que se revuelve en el barro después de haber gozado de una comida variada.

Creo que poco o nada piensan el pulpo, la vaca y el cerdo, pero se ve que lo gozan, que disfrutan más allá de la razón, del movimiento de sus patas, de la hierba trashumante y del barro sucio que los cubre.

Mientras me viene eso que dicen a la memoria, trato de hacer bailar las palabras, para que me envuelvan y arrastren, dándoles, dicen, un ritmo extraño que quizás sea verdad que solo yo percibo, aventándolas, trasegándolas y hocicando en ellas con pasión.

Sobresalto

Desperté sobresaltado, cuando apenas la luz se abría paso entre las sombras.

Allí estaba: adusta, imponente, ahuyentando cualquier amago de sonrisa.

Como cada mañana, un grito quedó atravesado en mi garganta, sin que pudiera escucharse, aunque quizá se intuyera en la sorpresa que tomó por asalto, sin contemplaciones, mi rostro.

Y un escalofrío, agudo y sin retorno, me removió las entrañas.

De nuevo, como cada inicio de día, como cada despertar, pude sentir que la realidad, rotunda, me arrollaba.

Deber cumplido

Lentamente, con la parsimonia de quien ha cumplido su deber, en una noche cualquiera de un tiempo olvidado, salí del oscuro edificio a la calle desierta.

Caminaba con la desidia de quien, de golpe, ha soltado toda la tensión acumulada durante tantos días de búsqueda desesperante.

La ciudad se agrandaba, o yo me empequeñecía, a medida que el tiempo pasaba y la angustia de un encuentro inevitable, pero que nunca llegaba, se me hacía insoportable.

Tan solo me facilitaron una fotografía, una simple fotografía antigua y mal enfocada, en la que se veía un tipo sin importancia, sin ningún rasgo reseñable, tan anodino como aquella barriada en que se escondía, de calles iguales, geométricamente trazadas.

Líneas horizontales y verticales a las que se asomaban edificios idénticos, sucios, de una monotonía desalentadora.

La única alegría venía dada por las ropas de colores que, con la anarquía de banderas sin patria, se agitaban en los balcones y contrastaban con los seres de mirada huidiza, todos idénticos a sí mismos, que deambulaban sin rumbo ni destino y se obstinaban en permanecer mudos, en no contestar a pregunta alguna que pudiera orientarme.

Tuve que emplearme a fondo para encontrarlo en uno de aquellos bloques en cuya altura se perdía la vista.

Ni siquiera recuerdo en cuál de ellos, finalmente, lo encontré; era difícil distinguirlos.

Ni siquiera los vecinos más antiguos del lugar parecían, por el modo en que caminaban: la mirada perdida, el paso vacilante, poder distinguir un edificio de otro, tan iguales entre sí, ocultos bajo ese olor que despedían los desperdicios acumulados, un olor que todo lo inundaba y que se había convertido en el mejor de los camuflajes.

No me costó, sin embargo, una vez localizado, subir hasta la sexta planta, porque, extrañamente, una vez accedí al edificio, mientras ascendía por las escaleras, no me crucé con nadie.

Un tenso silencio lo cubría todo, acompasado como un guante a la noche. Fue también fácil abrir la puerta, no especialmente segura.

Después, el sigilo habitual, roto por el rutinario fogonazo y el pequeño ruido seco que ponía fin a una función mil veces representada que me dejaba exhausto y daba paso a aquella extraña sinrazón en la que me zambullía sin esperar, ni merecer, el cálido aplauso con el que, sin embargo, pensaba que todo debería haber finalizado.

Presencias inesperadas

Recién llegado desde el mundo de las sombras, apenas abiertos los ojos, la vi.

Su suave, pero a la vez robusto cuello se inclinaba sobre mí hasta lo inverosímil.

Sus ojos, curiosos e inquisitivos, me miraban fijamente, sin pestañear.

Sentía, al mismo tiempo, que su enorme lengua jugaba perseverante con mi rostro, lamiendo obstinada cada rincón.

Empecé a acariciarla con dulzura.

Era la jirafa más bella que jamás había visto; en realidad, la primera que veía en mi vida… y lo último que habría esperado ver esa mañana a los pies de mi cama.

El desamor, una historia

Ella, sinuosa e inteligente, seguía empeñada en dejarlo.

No se sabía, ni nadie conseguía explicarse, el porqué de aquella decisión, pero la había tomado irremisiblemente.

Era una decisión apenas meditada, pero con el empuje que solo puede dar y mantener la sinrazón.

En silencio, que es el mayor de los desprecios, pensaba en la mejor forma de irse, de escapar, de poder salir de allí para siempre, de franquear el muro que cerraba aquel pequeño habitáculo, o así lo veía ella, aunque tal vez no lo fuera, en el que había empezado y terminado por ahogarse.

Él, simple y poco cultivado, la quería por encima de todo y, a pesar de los pesares, pensaba que cualquier día, por el hecho de tenerla consigo, se convertía en una fiesta que solo merecía flores y sonrisas.

Así pasaban las horas, mientras de manera sorda e inapetente el tiempo les pasaba calladamente por encima y aplastaba, con liviandad, sin que ellos apenas pudieran notarlo, sus maltrechas esperanzas.

Pasó la juventud con su jolgorio permanente, llegó la madurez con su poso de experiencia, luego la vejez con su parón inevitable, haciendo que la muerte apareciera en el horizonte y barriera de un plumazo todo el cariño derrochado.

Lo mismo da que él fuera el sinuoso y ella la simple, que los dos estuvieran dotados de una inteligencia superior o que, por el contrario, ninguno de los dos tuviera en la inteligencia su mejor don, que fueran ambos de lo más triste y aburrido o más bien alegres cual castañuelas, que fuera divertido uno de ellos y profundamente triste y melancólico el otro.

El caso es que, fueran como fueran o hubieran sido, de una manera o de la otra, el desamor los arrolló largamente, con una parsimonia impropia, pero sin darles tiempo a levantarse, como le hubiera podido pasar a cualquiera.

Por ello su historia, siempre la misma en esencia, por lo común y acostumbrada, triunfaba en las mejores pantallas de cine, o más bien en las que todavía se resistían a desaparecer ante el empuje de la piratería y el desapego, en las salas de teatro más elegantes y cotizadas de las capitales más queridas y conocidas o era el argumento de las novelas más vendidas, e incluso más leídas, arrancando aplausos y ovaciones ajenos.

Y todavía provocaba una larga, amarga y velada sonrisa en sus protagonistas.

Plácida tarde otoñal

El timbre no cesaba de tocar, llenando el aire de una sensación de urgencia que no respondía a ninguna razón aparente.

Resonó en aquella plácida tarde otoñal hasta despertarme de un sueño digno de un abogado de una edad más que respetable, que de pronto había decidido, ¡a buenas horas!, vigilar su salud.

Su vida había transcurrido llena de preocupaciones ajenas, plagada de esfuerzos inútiles que habían colmado su cerebro y percutido en una salud que solo aparentemente era de hierro.

Por eso, después de tantos años, no había nada que vigilar, o más bien no era ya tiempo de someter a vigilancia una salud que había empezado a fallar de forma irrevocable.

Con el paso vacilante de quien regresa súbitamente a este lado, cada vez de más difícil acceso, consiguió llegar hasta la puerta y con no poco esfuerzo logró abrirla para asomarse al patio delantero y conseguir que el sonido insistente quedara por fin en suspenso.

Allí estaba, apenas un niño, de grandes ojos asustados, plantado bajo el desmesurado naranjo que habitaba desde tiempo inmemorial en el centro del patio, el arma en la mano, el pulso vacilante y un temblor que apenas se adivinaba en la comisura de los labios.

De repente, sin aviso previo, sin la menor intención de poner en alerta a aquel anciano que apareció ante su vista, apretó el gatillo, al tiempo que apretaba también los ojos.

El gatillo accionó el mecanismo que, a su vez, percutió el proyectil, que, veloz, sin más que una mínima detonación apenas perceptible, llegó a su destino de forma repentina impactando en quien solo se había acercado a ver quién pudiera haber detrás de la puerta, espoleado por una curiosidad de la que solo le quedaba algún resto.

El impacto le hizo caer otra vez del lado de la inconsciencia, preguntándose con placidez, sin darle importancia alguna, si es que alguna vez la había abandonado.

Desmemoria

La noche se cernía sobre mi cabeza, negra y lúgubre, como nunca la había contemplado.

Ni siquiera sabía cómo había llegado allí, ni mucho menos por qué me encontraba ahora mismo en medio de la nada, en una inhóspita meseta sin vegetación, mecido, o más bien atacado de forma inmisericorde por el viento.

Era un viento helado que me impedía dormir, de tan desabrigado, que me obligaba a permanecer despierto, a mi pesar.

No conseguía recordar, por más que me concentrara.

Nada acudía a mi cabeza, hueca como el largo tiempo que ocupa una vida ya definitivamente olvidada.

Aquellos faros que se dirigían hacia mí con una seguridad impropia, me sorprendieron, aunque no aguzaron mi memoria que seguía siendo un campo baldío.

Dirigiéndose sin duda hacia mí, esos faros cuyos contornos eran cada vez más diáfanos, hacían añicos la negritud, refulgiendo con violencia.

No me daría tiempo a apartarme, paralizado como estaba en mitad de aquella tierra tan ajena e inhóspita.

Cuando me pasó por encima, era inevitable, me reventó las pocas ideas que me quedaban, pero, de forma súbita, vinieron a mi memoria, de golpe, todos los años olvidados, que quedarían sepultados para siempre en ese lugar al que, ahora, cuando nada importaba, ya sabía cómo y por qué había llegado.

Prisionero

Las puertas se iban cerrando a medida que las traspasaba.

Primero se abrió la que daba acceso al pasillo.

Allí un funcionario mal encarado me revisó el maletín, tras lo cual apenas pude ver cómo se cerraba a mis espaldas, pero sí pude oír el sonido: un aldabonazo que me estremeció.

Sin darme tiempo, seguidamente, se abrió la que culminaba el primer pasillo con una lentitud exasperante.

Esta vez sí pude contemplar cómo, una vez la superé, se cerraba con la misma parsimonia y dejaba en el aire un pequeño golpe que me pareció un grito de auxilio.

Avancé por el pasillo, que parecía alargarse a medida que lo recorría, y otra puerta empezó a abrirse, invitándome a pasar.

Inmediatamente se cerró y su sonido ya lo percibí con la agonía de un moribundo.

En ese momento, aunque las lágrimas empezaban a surcar mi rostro, pude ver claramente que la muerte, sonriente, se acercaba a saludarme, dándome cuenta de inmediato de que aquello no había sido una mera percepción.

El haz y el envés

Había sido otra mala noche, tan oscura.

Mi vida ha vuelto a desplegarse ante mí, en un instante, de manera simultánea, como en una pesadilla recurrente.

Sin embargo, me despierto súbitamente y nada recuerdo, la desmemoria me invade y en ella me sumerjo con la despreocupada placidez de un niño.

Cuando el sol se oculta de nuevo, el sueño regresa de inmediato; nuevamente acude a mí la impetuosa y periódica visión que me inquieta al mostrarme una vida malgastada, pero que, afortunadamente, se esfuma con cada amanecer.

Recobrada la realidad, cegado por el sol y el hastío, vuelve también el olvido.

Cansado observo que, sin revelar si todo es un sueño desasosegante o una pacífica vigilia, el tiempo se acuna feliz y despreocupado en el haz y el envés de la vida.

In a sentimental mood

El día había sido duro.

Lo había pasado al sol, en mitad del desierto, dando paletadas para abrir un maldito agujero, sin una sombra que me pudiera dar cobijo.

El agua se iba agotando; aunque, de cualquier forma, nunca habría podido reponer el sudor que perdía con cada movimiento, por pequeño que fuera.

El líquido me anegaba la cara y no podía evitar que se me metiera en los ojos; para evitar el escozor tenía que limpiarme constantemente con un pañuelo, cada vez más empapado y sucio.

Había sido un encargo raro, que a punto estuve de rechazar, pero que finalmente acepté, llevándome a un lugar en mitad del desierto.

Necesitaba el dinero, pasaba otra mala racha.

Ahora, como cada noche, derrengado sobre mi sillón favorito, con un generoso chorreón de *whisky* derritiendo los hielos y suavizando mi garganta, aquella sutil música, *In a sentimental mood*, sonando al fondo, tan solo deseaba que el calor me abandonara definitivamente y que el sueño me cobijara, conduciéndome a la oscuridad y al olvido de aquella mirada suplicante; la de un desconocido en el mismísimo instante en el que, inerte, caía en el agujero recién cavado.

Una mirada que llevaba años asaltándome, recurrente, en cada uno de mis sueños y en no pocas de mis pesadillas.

Eterna pesadilla

De pie frente al mar, contemplando las olas romper con furia sobre la piedra, siento cómo el viento arrecia y me empuja con furia, obligándome a hacer un esfuerzo que me agota para seguir en pie.

Había llegado hasta allí con una obstinación digna de mejores causas, plantando cara al vendaval arrollador, a la insistente lluvia que me percutía el rostro, al incómodo frío instalado en mis calados huesos, que los iba paralizando sin darme tiempo a reaccionar.

Buscaba, allí varado, desesperada e inútilmente, algún recuerdo que hubiera dejado un poso, por mínimo que fuera, en mi ajada memoria.

Desde siempre —aunque yo no sé lo que esta palabra implica— mi vida había empezado cada día, o mejor dicho, cada instante, establecido como estaba de forma permanente en un presente que para mí era la única forma de estar instalado en el mundo.

No era capaz de recordar, el mecanismo de mis recuerdos se había encasquillado, estaba definitivamente atascado, de modo que no lograba sacarme de este presente que se desplegaba ante mí con una precisión que me aturdía.

Todo lo percibía con una luminosa claridad que me permitía apreciar hasta el último detalle, por nimio que fuera, de cuanto se desplegaba ante mí.

Era un golpe cotidiano y permanente que a diario recibía como un auténtico e inevitable suplicio.

No podía soportar que cada instante contuviera todos los instantes.

Fuera de ese presente encapsulado, ningún recuerdo me asaltaba, nada podía rememorar.

Por mucho que lo intentara, mi memoria escacharrada no invocaba imagen alguna, no me permitía comparar aquello que veía cada despertar con lo que la noche anterior había abandonado.

Vivía en una eterna pesadilla repetida hasta el infinito, eternamente anclado en este extraño reino de la desmemoria desde el que no podía acceder al pasado y desde el que, en consecuencia, tampoco podía esperar ningún futuro.

Tan solo me mantiene, pobre sostén, el deseo de despertar algún día, porque aun conservo la esperanza, cual un tenue y delicado rayo de sol que nunca cesara, en una nueva realidad que me apartara de este delirio cotidiano al que con desidia, casi derrotado, en el fondo estoy convencido de que acabaré por rendirme.

La espera

Avanzábamos despacio entre la niebla, por aquel camino que discurría en el interior del bosque, monte arriba.

En medio de la oscuridad, rodeados de árboles, por un estrecho sendero que a duras penas nos dejaba pasar, las luces de los faros no nos servían de ayuda; apenas nos permitían saber por dónde íbamos, ni hacia dónde nos dirigíamos.

Solo podíamos ver unos cuantos metros por delante, escasos y mal iluminados.

Las indicaciones, sin embargo, habían sido claras, innecesariamente contundentes, diría yo, y las habíamos seguido desde un principio con una precisión impropia de nuestra acostumbrada desidia.

Desde que nos montamos en el coche, a las afueras del pueblo, no habíamos hecho otra cosa que seguir las milimétricas instrucciones recibidas.

Dimos el relevo sin cruzar palabra (en este punto la orden fue contundente) a las dos personas que, sin mirarnos siquiera, nos cedieron sus puestos con la misma eficacia y celeridad muda con que nosotros los ocupamos.

Por tanto, sin saber a dónde íbamos exactamente, nos limitábamos a seguir esas indicaciones.

Nuestra misión, sin duda, había sido trazada puntillosamente por quienes se situaban en unas alturas que nos quedarían siempre lejanas, a las que nunca podríamos aspirar; nunca osaríamos dudar de la pericia de quienes habíamos aceptado marcaran nuestros pasos y tiraran de los hilos para ponernos en marcha y obligarnos a seguir adelante.

Teníamos que esperar a las afueras del pueblo, más allá del cementerio, a un coche negro de matrícula extranjera y con dos hombres en su interior. Llegaría a ese lugar a las doce en punto, de su interior se bajarían sus dos ocupantes y, una vez despejado, deberíamos entrar nosotros a dar el relevo. Así lo hicimos.

Las llaves estarían puestas y el motor en marcha. Acto seguido, tendríamos que continuar por esa misma carretera y, pocos metros adelante, adentrarnos por el segundo sendero que se abría a la izquierda, en subida constante hasta sortear la montaña, para finalmente aparecer del otro lado, en el que nos estarían esperando para recoger el vehículo. Debíamos ir a la moderada velocidad que nos impondría el serpenteante camino que ascendía a la cumbre, para luego descender con precaución hasta las afueras del primer pueblo en territorio francés.

Íbamos callados, fumando nerviosamente (eran otros tiempos), concentrados en el angosto camino que no parecía conducir a ningún sitio y que, en algunos tramos, se estrechaba hasta lo imposible, dejando tan solo un pequeño hilo por el que apenas acertábamos a pasar; si bien, por suerte, la oscuridad hacía que solo apreciáramos la pared vertical que se levantaba a nuestra izquierda, no así el escalofriante precipicio que se abría a nuestra derecha.

No obstante, intuyendo el panorama, la tensión nos imponía ese silencio incómodo que todo lo paralizaba, alejándonos de nuestra costumbre de bromear constantemente y contarnos nuestras pequeñas aventuras cotidianas para pasar el rato.

Aquella aventura en la que estábamos embarcados, del todo extraordinaria, empezaba a sobrepasarnos.

Por eso, desde mi posición de copiloto, podía ver a mi compañero aferrado con rigidez al volante, la mandíbula apretada y el sudor cubriéndole el rostro, sin acabar de brotar del todo. No transmitía seguridad, ni mucho menos confianza. Era extraño, sobre todo viniendo de él, de natural tan seguro y que solía inspirar tanta serenidad.

Por fin, alcanzamos la cima y el camino se allanó durante un pequeño trecho.

El motor ronroneó con alivio, como un gato agazapado y feliz.

Poco duró sin embargo ese alivio pues, de inmediato, el camino nuevamente se balanceó, esta vez poniéndose cabeza abajo, para enfrentarnos a un descenso serpenteante y febril.

La oscuridad seguía siendo total, acentuada por las tupidas ramas de los árboles que, cada vez más cerradas en torno al vehículo, impedían pasar la luz de la luna que intuíamos allí arriba.

Por mucho que intentara sujetarlo, el coche iba cogiendo velocidad a medida que bajaba, lo cual dificultaba el trazado de las sucesivas curvas, que seguían siendo pronunciadas.

Fueron aproximadamente cinco kilómetros de bajada, con el corazón cada vez más acelerado, sin saber tampoco qué nos encontraríamos al llegar abajo o si tan siquiera finalmente llegaríamos.

De repente, la inclinación pareció ir cediendo y percibimos que ya casi habíamos llegado al final.

En efecto, a lo lejos ya se veían las primeras luces del pueblo, que, aunque tímidamente, se iban abriendo paso y permitían ver los primeros contornos, todavía difusos, de unas pocas casas arracimadas, coronando un pequeño montículo.

Todo era silencio.

Las calles estaban desiertas.

Llegamos al lugar indicado. Aparcamos bajo la luz de la primera farola, tal y como nos dijeron que hiciéramos.

Era exactamente la hora indicada, pero nadie nos esperaba.

Allí estábamos, en mitad de un sitio inhóspito, solitario y desconocido, sin tiempo todavía para recuperarnos del endiablado viaje, esperando a alguien a quien no conocíamos, para librarnos de una carga que también desconocíamos.

Decidimos quedarnos allí, junto al vehículo, a pesar de todo, sin atrevernos a abandonar el lugar, como hubiera sido lógico, esperando a quien era obvio que ya, dadas las horas transcurridas, no iba a aparecer, sobre todo cuando ya hacía tiempo que la oscuridad había dado paso a la luz y cuando, como estábamos aprendiendo, Godot no era más que una eterna espera.

Caperucita

Me había perdido. Definitivamente.

La noche había estado anunciando su llegada desde hacía horas, pero desatendí esos anuncios, esas llamadas de atención que, sabiamente, la naturaleza me había estado lanzando.

No había sido negligente, simplemente era imposible distinguir la luz de la oscuridad dentro de aquel bosque de enormes y robustos árboles esculpidos a lo largo de los años, de troncos inabarcables y ramas infinitas, propensas al abrazo; unos árboles que no permitían atisbar el exterior, que te abducían, haciéndote desaparecer y transportándote al dulce y peligroso terreno del olvido, donde todo era tan irreal, tan ficticio, que en lo más recóndito de la imaginación, debía de haber sin duda ocurrido.

Consciente de que había perdido el rumbo y de que jamás lo recuperaría, pero en ese duermevela al que había sido transportada y del que tenía la convicción de que jamás saldría, una sonrisa afloró a mi rostro.

Me senté plácidamente y, al empezar a saborear la pequeña merienda que portaba en la cesta, mi sonrisa se acentuó.

Acudieron a mi memoria el anhelante rostro de mi abuela, esperándome del otro lado, las fauces del lobo de las que me había librado y el pobre cazador que ya jamás podría ser un héroe.

Vidas paralelas

Nuevamente cabalgaba sobre mi caballo por el desierto infinito. El viento, azotándome con fuerza la cara, curtida por mi vida nómada, levantaba inmisericorde la arena y arrastraba las varillas que, para mi asombro —siempre me habían fascinado—, rodaban sin descanso hacia un destino incierto. Cubierto por mi sombrero tejano, la boca tapada por un viejo pañuelo ya raído por el tiempo y la rutina y cubierto de salpicaduras, vestigios de encuentros infortunados para quienes la mala suerte había hecho que se cruzasen en mi camino, componía una figura turbia y algo ruda.

Vagaba como siempre sin rumbo, en un viaje hacia ninguna parte, presidido por mi inclinación a la aventura y por mi atávica costumbre de dejarme llevar por los sinuosos vericuetos de la vida. Sintiendo el cuerpo de mi viejo amigo tambalearse entre mis piernas, oyendo su relincho sostenido a modo de queja perpetua, buscaba algún lugar en el que descansar en medio de la tórrida llanura, tras horas de lucha contra el aire, el sol, la arena y un cansancio ya próximo al tedio. Aunque siempre con la feliz convicción de que tropezaríamos con alguien o algo que, de repente, como siempre había sucedido, daría un inexplicable sentido a todo aquello.

En esas estábamos cuando un desagradable sonido, como una bocina desentonada, me sacó de la inconsciencia, me hizo regresar a una vida en que se esfumó de repente el caballo, el vendaval, el sombrero tejano, mi deseo de aventuras y mi feliz y sosegado vagar por el mundo. Y en la que, sobre todo, desaparecieron de un plumazo las fascinantes plantas rodadoras que, con tanto arrobo, porque tampoco se resistían al azar, había admirado. ¡De nuevo tocaba enfrentarme a la puta, rutinaria y desagradecida realidad!

Me levanté —no quedaba otro remedio—, salí de la cápsula en la que pasaba las noches, abrí la bolsa correspondiente a la primera comida del día, añadí agua a aquel mejunje deshidratado, que engullí tras calentarlo, y de nuevo eché un vistazo a través del ventanuco, a la negrura que me rodeaba y, sobre todo, a aquella esfera, luminosa y azul, que se desplegaba al fondo, envuelta en vaporosas nubes y que contrastaba con la inmensidad del espacio.

Desde allí, forzando un tanto los ojos, me pareció adivinar sobre la superficie de la esfera la figura de un viejo vaquero que, deseoso de aventuras mundanas, sin duda nunca había soñado estar en un vacío tan cercano a la luna a la que, poco a poco, despaciosamente, me iba acercando y que, al mismo tiempo, iba mostrándose imponente frente a él.

Me desperté tarde...

Me desperté tarde, cuando ya el día, del otro lado, se había desperezado y hacía tiempo que caminaba con la destreza que solo podemos encontrar tras horas de vigilia.

Un sabor agrio se me pegaba todavía al paladar, como todas las mañanas; se aferraba con la misma saña con que los koalas se agarran desesperados a lo primero que tienen a mano.

La radio ya retumbaba en toda la casa; una voz alegre, rotunda, pero cadenciosa y barbada (que debía llevar varias horas tras el micrófono y haber tomado ya varios cafés potentes) salía de la cocina, donde el café que a mí sin duda me esperaba borboteaba con ese sonido *chupchupeante* e inconfundible que precedía al intenso olor que, en pocos segundos, inundaría la casa.

Me precipité a la cocina, ese lugar al que, recién despierto, acudía cada mañana, con los ojos todavía semicerrados, regodeándome en el sueño del que, a modiño, iba saliendo.

No había nadie.

Sin embargo, la voz de la radio seguía desgañitándose como si tuviera compañía y el café seguía saliendo, ahora ya con menos fuerza, llenando aquella cafetera antigua, que se decía italiana, pero con la que yo hacía años me entendía en un idioma común, más allá de las palabras.

Apagué el fuego de la hornilla, que era de las que todavía muestra orgullosa la llama, despreciando paneles insufribles. Me precipité al salón, donde el ordenador portátil, que en realidad poco ordena y más bien todo lo confunde, abierto sobre la mesa, con la pantalla iluminando la estancia, parecía esperarme.

Como el fantasma que ahora, de repente, tras un súbito escalofrío que me subió la espalda, me di cuenta que era, puse los dedos sobre el teclado y contemplé desde la lejanía de quien no es dueño de sus actos cómo las palabras empezaban a brotar en el espacio que tenía ante mí.

No podía hacer otra cosa que leerlas a medida que, quien parecía ser yo, pero sin duda no lo era, ni nunca lo sería, las hacía surgir ante mí.

El primer párrafo decía:

> *Me desperté tarde, cuando ya el día, del otro lado, se había desperezado y hacía tiempo que caminaba con la destreza que solo podemos encontrar tras horas de vigilia…*

Soy cigarra

Allí la dejé, míseramente aplastada.
Justo cuando salía feliz de su agujero.
Fue un impulso irrefrenable.
Me arrebató ver su alegría, observar su mirada de suficiencia,
pensar que había arruinado mi invierno.
Y que estaba empezando a echar a perder mi primavera.

Sin principio ni final

Como el perro, siempre atento y en guardia, no ladró, ni siquiera mostró inquietud, siguió con su holgar satisfecho y acostumbrado, cuando decidí volverme ya era tarde.

El disparo atronó la estancia e hizo que me sumiera profundamente en el mundo de los sueños, del que jamás ya he salido y en el que me veo sentado a la mesa, tecleando mi ordenador, tratando de que arranque una absurda historia de la que lo único que sé es que se acompasa rítmicamente al ronroneo vergonzante de un perro que tiene modos y maneras de gato.

Y que ha sido incapaz de anticiparme el final, ya que ni siquiera pudo brindarme el principio.

Tras el espejo

Derrengado, tras un día agotador de inicios de verano, un día en que el sol en esta parte del planeta ya azota sin piedad, he llegado a casa.

He aparcado el coche con la misma precisión de siempre, con la milimétrica exactitud que la costumbre impone.

He salido deprisa del pequeño habitáculo que me cobija durante varias horas al día, dejando todo esparcido en su interior, sin pensar ni importarme que, es lo más probable, habrá un mañana.

He abierto la doble puerta que da acceso al ascensor, sintiéndola liviana a pesar de su maciza estructura, digna de esconder mayores tesoros que los de un pequeño edificio en las afueras de una ciudad de provincias.

En el ascensor he podido contemplarme en el espejo y he visto a un desconocido con una media sonrisa congelada en su rostro, cubierto de canas, los ojos detrás de unos cristales ya demasiado gruesos, la chaqueta mal colocada y con una única nota de color: una corbata perfectamente desanudada.

Por eso le he dejado irse, que abra la puerta, que salude a mi esposa, que se siente en mi sillón sin abandonar el sudor que cubre su cuerpo y que simule ver mi serie favorita hasta hundirse en un profundo sueño del que seguro mañana despertará sin acordarse de cómo ha llegado a aquella casa.

Aunque, sin duda, sí recordará que ya es verano, que el sol le espera ahí fuera, que tiene que volver a coger el coche y a recorrer un buen trecho en él para llegar a su trabajo, en donde permanecerá más allá del atardecer.

Hasta que, por fin, tras otro día agotador de inicios de verano, emprenda el camino de vuelta a casa y justo antes de subir, decida de nuevo abandonarme, para quedarse en el reconfortante territorio que se extiende al otro lado del espejo.

De Kooning

La sangre, fresca y reciente, salpicaba mi ropa, de forma tan indiscreta como en un cuadro de De Kooning.

Era noche cerrada, sin luna ni estrellas, ni el más mínimo atisbo de esperanza.

Las calles, afortunadamente, permanecían desiertas.

Nadie se atrevía a vagar por ellas.

Su escasa iluminación, procedente de unas farolas de luz tenue y melancólica, no invitaba al paseo.

Oía mis pasos firmes, que retornaban como un eco atormentado en mitad de aquella noche sin luna.

Era feliz en esos momentos de soledad, en ese oscuro refugio, tras haber acabado el trabajo comprometido, sintiendo el dinero en un bolsillo, la navaja (mi vieja y fiel compañera) en el otro y un cadáver —uno más— de ojos abiertos, entre resignados y sorprendidos, en mi conciencia.

Seguramente convertido ya en un nuevo fantasma que poblaría mis noches solitarias.

Serena inquietud

Delicadamente, con un cuidado exquisito, la deposité sobre la alfombra, me abroché la gabardina, cogí el paraguas, abrí la puerta y abandoné la vivienda.

Apenas si llovía.

Desde la puerta estuve un rato observando cómo el agua, delicadamente, caía sobre las agradecidas flores del pequeño jardín. Me detuve a respirar el aire limpio, recién purificado, dejando que el agua también me resbalara, empapándome al caer; el paraguas cerrado, abiertos los sentidos.

Ese olor a humedad recién nacida me hizo regresar a un tiempo de inconsciencia, a un tiempo en el que todo estaba todavía por venir, en el que nada aún había llegado.

Me provocó una sonrisa taciturna, más bien desentonada.

Saliendo del placentero ensimismamiento, regresando de pronto al más acá, me encaminé despacio a la cancela y desemboqué en una calle solitaria.

Sin cruzarme con nadie, continué andando sobre el asfalto mojado, degustando el alivio del deber cumplido, saboreando la inmensa alegría de haber terminado un proyecto minuciosamente improvisado.

Sosegado, alcanzando una suerte de serena inquietud, dejaba atrás aquella casa ajena, aquel jardincillo anónimo y, caído sobre el suelo enmoquetado, aquel cadáver ignoto todavía palpitando.

Orden en el caos

Nos gusta planificarlo todo.

Fijar fechas exactas para cada cambio de estación, ordenar cuándo debe apretar el calor, cuándo empezarán a caerse las hojas, cuándo ha de llegar el frío, cuándo van a florecer los campos.

Pero la naturaleza, obstinada, se mueve a su propio ritmo, cambia cuando más le apetece y, por ello, cuando menos lo esperamos.

Me encanta que, para demostrarlo, el calor haya aparecido hoy sin avisar, de un día para otro, pillándonos en manga larga y con camiseta interior.

Sin embargo, como me declaro paradójico y tengo firmes principios que cambian cada veinticuatro horas, pues creo con firmeza que, cada día, al levantarme, ya no soy evidentemente el mismo de ayer, cómo tampoco seré idéntico a mí mismo mañana, sudar me resulta especialmente molesto, casi inaguantable y el calor, que al aparecer de pronto me ha sido grato, me resulta, a la vez, particularmente desagradable.

Pasamos la vida levantando complicados esquemas a los que adaptar una realidad que, sintiéndose comprimida, tiende a escapar por las costuras. Pero, sin alterarnos, llamamos a esas fugas excepciones, que se nos acumulan y suman más que lo que a la regla sigue.

Por eso, y solo por eso, me gustó que el calor llegara hoy sin previo aviso, y que, como tantas otras cosas, nos haya pillado por sorpresa, obligándonos a improvisar la mentira de que ya estábamos preparados para la llegada del verano.

Vejez

Se le veía arrastrando lentamente los pies, caminando siempre de manera indecisa, el sombrero echado de medio lado, descuidadamente, sobre su nevada cabeza, la chaqueta manifiestamente grande, una flor saliendo, antigua, de su ojal y un pañuelo ajado asomando con dignidad por su bolsillo.

En sus ojos se percibía un brillo todavía ilusionado, acompañado de una media sonrisa que destilaba toda la sabiduría de un mundo trasnochado.

Avanzaba lo más rápido posible, con la lenta seguridad de quien no tiene ya adónde ir.

Tantos años se le acumulaban, tantos días y tantas noches se mezclaban en su cabeza: días luminosos, noches gloriosas, días tristemente largos, noches sin luna…, todos ellos tan lejanos y remotos como sueños olvidados.

El presente le resultaba tan abrumador que parecía andar sobre él de puntillas, sonriente, con la lentitud que le imponían los años, sin destino ni recuerdo, siempre repitiendo la misma ceremonia, disfrazado de sí mismo, dirigiéndose con parsimonia hacia el armonioso mar de la nostalgia.

El hoy que ya no habito

De pronto caí en la cuenta de que el ayer se había ido sin siquiera anticipar este hoy en que habito, ni prefigurar la esperanza de un mañana al que aspiro.

Solo, naufrago en esta isla a la que he sido conducido por el mero transcurrir del tiempo, desde mi frágil refugio, contemplo con respeto, dejándome mecer por el viento, la tempestad que me cerca, cada vez más fiera.

Sin posibilidad de huir, calladamente, soporto su embestida, apretando los dientes, encajando los golpes, como todo aquel que, actor sobre este artificioso escenario que es el mundo, enjuga sus lágrimas y, ceremoniosamente, con una amplia sonrisa, saluda feliz ante el abismo.

Palabras

Rodeado de los libros que fielmente me acompañan, sobre esta mesa de madera antigua, bajo una luz artificiosa y solemnemente blanca, seguro de mí mismo, me dispongo a mi cotidiano encuentro con las palabras.

Como siempre —nunca aprendo—, recién iniciado el sutil juego, siento que me huyen, veo cómo veloces se me escapan.

Con vano esfuerzo trato de acotarlas, las llamo al redil, intento que me obedezcan, que me sean fieles, que se mantengan sumisas y me ayuden a esculpir esta realidad que ahora mismo sueño y que ya siento desvanecerse.

Es inútil, a pesar de mis ruegos, se desparraman, se dispersan. En segundos, las veo cavar zanjas imposibles en las que se esconden, para, de inmediato, sin darme tiempo al asombro, despegar, alzar el vuelo, hacer mil piruetas en el aire, fabricar sonrisas donde yo había imaginado llanto, llorar sin consuelo donde yo exigía risas, instalarse en la duda en los sitios para mí más seguros, caminar sin miedo por donde yo únicamente podía imaginar terror…

Desesperado, incapaz de dominarlas, una vez más me abandono, dejo que se adueñen de mí, que sean esas palabras que creía mías las que me dominen, llevándome hacia lugares ignotos, hacia mundos indescifrables en los que feliz me desdigo y en los que me encuentro con una realidad tan propia que difícilmente podría haber imaginado.

Monotonía

Terminaba aquel nuevo día, tan parecido al anterior y tan igual al siguiente, que me resultaba insoportablemente anticipatorio.

El tiempo pasaba en vano. Se sucedían los años, los meses, los días, las horas, los minutos y los segundos, sin que nada en su paso los hiciera memorables.

Desde mi ventana divisaba un paisaje siempre idéntico a sí mismo, lleno de verdes siniestros y azules tristemente luminosos.

Salía a la calle a respirar un aire pretendidamente nuevo y notaba que los olores me embriagaban, se metían hasta lo más profundo de mi ser, mostrándome su inmisericorde monotonía.

Apretando el paso, caminaba hasta situarme frente al mar y era tan igual a sí mismo que me resultaba de una reiteración escandalosamente fraudulenta, aunque me trajera mil espumas distintas y cientos de brisas desconocidas, todas ellas eran de una decepcionante identidad.

Emprendía, por ello, la huida, corriendo veloz hasta llegar a casa.

Caía, por fin, rendido y exhausto, en mi viejo jergón, y me dejaba atrapar por un sueño en el que se me aparecían imágenes de un mundo que sin duda no era este, en donde el tiempo no existía, en donde me estaba vedado buscar nuevos paisajes, en donde no anhelaba aires distintos y en el que, con una nitidez sobrehumana, me contemplaba hundiéndome en un mar de verdad, hasta que, inoportunamente, sus aguas me arrastraban hasta un nuevo amanecer que inauguraba el día, que se me aparecía tan igual al anterior que era como si contuviese todos los días, con todas sus horas, minutos y segundos y que, de nuevo, irremisiblemente, sin poder evitarlo, se ponía en marcha.

Al amor de la lumbre

Llegué a aquel pueblo perdido de la sierra malagueña, cercano a Ronda, con una misión indefinida y vaporosa.

Hacía un frío glacial que se te metía dentro con la firme intención de no abandonarte jamás; te abrazaba como un amante en plena efervescencia, del que, una vez te rodeaba con sus brazos, no podías escapar.

Aparqué bajo la casa que me habían recomendado miles de turistas que viajaban únicamente para poder contarlo y puntuaban todo su periplo en las redes sociales, creyendo sinceramente que esa es la única forma de reafirmar su triste aventura.

Abrí el maletero del coche y saqué mi pequeña mochila con los pocos enseres que solía transportar cuando decidía echarme al camino, así como una bolsa de un negro acharolado que me colgué de inmediato al hombro.

Aunque pesaba y me daba un aspecto un tanto siniestro, subí las escaleras con cierta agilidad y me planté ante una puerta robusta, de una madera rotunda, con heridas antiguas.

Afortunadamente, el aire helado y la noche sin luna hacían que la calle estuviera completamente desierta.

Saqué la llave del pequeño cajetín que había junto a la puerta, después de abrirlo con la clave que me habían facilitado, y comprobé con la sorpresa incrédula del descreído que encajaba perfectamente en la cerradura.

Al franquear la oquedad que la puerta ocultaba, me tropecé con un árbol de Navidad enorme cuyas luces parpadeantes me saludaban y, junto a él, un espejo en el que aparecía de cuerpo entero, mostrando mi rostro cansado, ojeroso, el gorro de lana que me coronaba y la negritud brillante de la bolsa que, sin duda, si las hubiera, hubiese concitado todas las miradas.

A la derecha, observé un salón enorme en cuyo frontal sonreía (o por lo menos así me lo pareció) una magnificente chimenea, a cuyo pie se apilaba madera suficiente para pasar un invierno.

Solté la mochila y la bolsa con cuidado y dispuse la leña dentro de la oquedad, prendiéndole fuego con mi viejo mechero de fumador incurable.

La madera empezó a arder con rapidez, con una cadencia tan atávica que me invitó a sentarme en el sillón que había justo frente al fuego y a quitarme los zapatos para percibir mejor su calor ahumado y burbujeante.

Con los ojos medio cerrados, recordando de pronto la misión que me trajo hasta allí, despejada la niebla que convocaba el cansancio acumulado de días sin tregua, abrí lentamente la bolsa y empecé a sacar metódicamente todo su contenido para ir arrojándolo al fuego a medida que lo extraía:

Primero el cráneo,

luego las vértebras cervicales,

tras ello las costillas,

más tarde, mucho más tarde, la tibia y el peroné…

Tardaban en quemarse, pero tenía por delante toda una noche y un largo y quejumbroso día que todavía ni siquiera se adivinaba y que disfrutaría al calor siempre amoroso y conciliador de la lumbre.

Antes era yo mismo

Antes de traspasar aquella puerta, pude ver cómo me servía una copa de vino, me preparaba una comida frugal y me sentaba en mi sillón predilecto para contemplar estúpidamente las imágenes que salían del televisor.

Mucho antes de estar delante de la puerta, ya me veía abriéndola, entrando en casa y sirviéndome una copa de vino, mientras preparaba un moderado tentempié para sentarme frente al televisor en mi sillón favorito.

Con mucha antelación a llegar al descansillo situado frente a la puerta de mi vivienda, ya veía cómo entraba al portal del edificio, subía las escaleras, accedía al rellano desde el que se alcanza el piso, abría la puerta para penetrar en él, me echaba vino en una copa y me la bebía mientras cocinaba, para después caer rendido en mi sillón preferido viendo la televisión.

Antes de eso, de estar entrando en el portal, ya podía observarme dirigiéndome a casa, andando con parsimonia, descuidadamente, por la calle, abriendo la puerta que franqueaba el edificio, ascendiendo por las escaleras que me conducían al piso, abriendo la puerta, entrando, echándome vino en una copa y degustándolo mientras preparaba la comida, de la que después daba cuenta frente a la pequeña y absorbente pantalla.

Estando ya sentado en aquel mullido sillón, que creía mío, pude intuir a quien evidentemente no podía ser más que yo mismo, llegando de manera apresurada, preparando el mismo plato que me hallaba degustando y contemplando con mis mismos ojos unas imágenes idénticas a las que ahora estoy viendo.

Rebaño

Las palabras salían de su boca ya estructuradas, formando un bellísimo discurso lleno de modulaciones sutiles y contenidas.

Las ideas bullían en su cabeza a una velocidad desenfrenada, pero era capaz de embridarlas, dejando que salieran poco a poco, con mesura, para desplazarse a sus cuerdas vocales que las transformaban en palabras que soltaba con una cadencia estudiada para que se precipitaran garganta arriba hasta salir afuera y transformarse en sonidos que iban llenando el espacio y llegaban suavemente, como una caricia, pero con una admirable precisión, a las miles de personas que desde hace horas aguardaban impacientes.

Su oratoria había traspasado fronteras; había venido gente de todas las ciudades y de todos pueblos, cercanos y lejanos, una multitud atraída por su fama de persona comprometida con los desfavorecidos.

Venía a derrocar a un régimen militarizado y corrupto, a instaurar un nuevo orden.

Cuando se subió al estrado y se asomó al púlpito, la multitud enloqueció y prorrumpió en vítores y aplausos.

El ruido, sin embargo, cesó de inmediato, súbitamente, agostado por un silencio teñido de entusiasmo cuando empezó su discurso.

Como les habían anticipado, sus palabras se destilaban con suavidad que realmente eran acariciadoras para quienes le escuchaban, adormeciéndoles, haciéndoles caer en un sopor agradable y doméstico que les traía sensaciones que todos almacenaban en la memoria compartida.

Nadie entendía exactamente lo que decía, es cierto, aunque desde ese sueño colectivo que ya los envolvía podían reconocer un discurso coherente y bellísimo, transido de evocaciones, de una geometría perfecta, que les aseguraba la restauración del paraíso del que, engañados, habían sido expulsados.

Sin duda, seguirían a aquel ser hasta donde quisiera llevarlos, impulsados por una fe construida con el cincel de la palabra, una palabra hipnótica y arcana que, como tantas veces había ocurrido en el pasado y seguiría ocurriendo eternamente, volvería a convertirlos en rebaño.

Paseo dominical

Allí le encontré: tumbado entre las rocas, la cabeza separada del cuerpo, a escasos metros.

Volvía de mi paseo matinal, de admirar el amanecer en plena playa: la arena bajo mis pies, el agua moviéndose con la plácida desnudez de un domingo interminable y el sol reinando como siempre, con su calidez monótona y todavía un poco balbuciente, pero sobre todo con su luz, una luz que nadie quiere reconocer que no tiene otro destino que apagarse. Mis pensamientos bailaban al son del nuevo día, mis pies mantenían la solidez de un viejo leñador en medio del desierto, cuando me pareció ver un cuerpo navegando, pugnando por salir a mar abierto.

Allí estaba, en efecto, y así lo encontré después de mi paseo matinal en busca de un amanecer que no era ya sino rutina: mi propio cuerpo yaciendo entre las rocas, mi cabeza vagando a escasos metros.

Pájaros tullidos

Pájaros de alas rotas revolotean sin rumbo en esta noche tan negra que ni siquiera es oscura.

Se me cuelan por los resquicios del alma, obligándome a volver del territorio en que los sueños siempre suceden y a reencontrarme con mi cuerpo que, carnal y malherido, se entretiene en convocar etéreas ficciones.

Grito entonces desaforadamente al caer en la cuenta de que todo se ha descolocado violentamente para volver a ser lo mismo.

Siento que vuelvo de un recóndito lugar al que ni siquiera he llegado y del que, ahora lo sé, nunca debería haber salido.

Es como si todos los picores se me concentraran de pronto y no pudiera aliviarme porque mis manos se hubieran transformado en bulliciosos muñones.

Tan solo encuentro consuelo en la vigilia cuando, dejando que la realidad me atrape, resignándome a que el terror recorra mi cuerpo como una verdad incómoda, oigo acercarse el certero aleteo de los pájaros tullidos.

Balbuceantes pelícanos

Intuyo balbuceantes pelícanos de pico sonrosado, persiguiendo sueños tibios, recién horneados, de los que ni siquiera han tenido tiempo de nacer.

Observo con sosiego cómo dejan atrás las falsas cucharas, simples como el rocío, y cómo se pierden en la complejidad de las tímidas nubes, disueltas al sol.

Se dirigen veloces, temblorosos, al desencuentro de su nada, hostigados por la inercia de un atavismo feraz.

Con risa sorda nos contemplan, viéndonos correr inseguros hacia lugares en los que nadie nos espera.

Se carcajean mientras el humo nos ciega, mientras salimos una y otra vez a repetir nuestra escena.

La mirada

Se había despertado temprano, o al menos a él le pareció que eran las primeras horas de la mañana.

Nada más despertarse, un fogonazo le cegó.

Tuvo que cerrar los ojos de inmediato, a pesar de lo cual no lograba evitar que la luz se le colara a través de los párpados, rompiendo todas las leyes con las que hemos querido siempre encorsetar al mundo, o al menos así lo creyó en un primer instante.

Más adelante se dio cuenta de que era como si le hubieran arrancado los párpados; por eso de nada le servía su desesperado intento de cerrarlos. Aunque sentía que los abría y los cerraba, se percató de que no los tenía.

Intentó alcanzarse la cara para comprobar si realmente aquella conclusión a la que había llegado era cierta, pero, por más que su cerebro daba la orden precisa, e incluso percibía cómo su brazo derecho se movía con lentitud, no lograba que su mano pudiera acariciar su rostro.

Prescindiendo de la falsaria objetividad, se concentró en tratar de averiguar todo aquello que él pudiera afirmar como cierto:

Estaba tumbado, mirando hacia arriba, era seguro, porque el sol, que había empezado como una agradable caricia, ya empezaba a incendiarle el rostro.

No podía, sin embargo, mover la cabeza; también le parecía innegable, porque por más que la luz del sol le hiriera directamente los ojos le resultaba imposible apartarlos.

Tampoco lograba que sus brazos o sus piernas le obedecieran; aunque les daba órdenes precisas, unas órdenes que le parecían también indiscutiblemente reales, no es que no consiguiera levantarse, sino que ni siquiera podía mover ninguna de sus extremidades.

No entendía nada, no podía extraer ninguna consecuencia lógica de todo lo anterior; nada había más allá del caos.

Al notarse aupado del suelo de manera tan violenta, y ver ante sus ojos, de forma brusca e inopinada, en una sucesión frenética, el cielo completamente azul e inmaculado, las montañas lejanas, el largo y ancho desierto…, entendió que aquello empezaba a tomar forma.

No lo entendió, sin embargo, de forma inmediata, sino pasado un tiempo y de una manera poco delicada, justo cuando en una de esas imágenes caleidoscópicas que se sucedían vertiginosamente pudo ver de soslayo un enorme coyote, en mitad de la manada, trotando alegremente con una de sus piernas en la boca.

Condenadamente humanos

Somos condenadamente humanos.

Seres vivos que ríen, lloran, engullen alimentos procesados y defecan, en el mejor de los casos, aliviados y sonrientes.

En nuestro pequeño mundo buscamos y encontramos círculos aún más pequeños, ya diminutos, en los que encerramos nuestras dichas y desdichas.

A veces pensamos, nos paramos a contemplar lo que nos rodea, nos angustiamos regodeándonos en nuestra futilidad o, por el contrario, nos sentimos tan importantes que bailamos con la más ridícula de las solemnidades.

La contradicción es el motor de nuestro comportamiento.

Somos tan previsibles que cuando repetimos los gestos, las ideas, los pensamientos, los pasos que cientos de nuestros congéneres han hecho, han destilado, han exteriorizado o han dado desde que empezamos a habitar la tierra, sentimos que somos los primeros o los únicos.

Gracias al dios en que ya no creemos, seguimos adelante, caminando hacia ninguna parte, con la convicción de que pronto llegaremos.

Sueño descabalado

La luna acarició su rostro con la suavidad acostumbrada.

Le gustaba esa inequívoca señal de que el día se acababa, de que la oscuridad pronto se adueñaría del mundo, obligando a la luz a despedirse resignada.

Llegaba el momento en que el sosiego aterrizaba sobre las almas, dándoles la oportunidad de meditar sobre lo que sus pesados cuerpos habían hecho a lo largo del día.

En esos momentos le gustaba sentarse a la vieja máquina de escribir, que ya empezaba a llamarle con su voz ronca y algo metálica. No cesaba en sus requerimientos hasta que estaba frente a ella, tratando de exprimir su jugo, un jugo que brotaba en forma de palabras antiguas y meditadas.

Aquella noche también había sucumbido a su tenue canto y se había sentado en su sillón, con la espalda reclinada, los pies en alto, resistiéndose al sueño tras una larga y ajetreada jornada. Trataba de cumplir con dignidad la misión que, como todas las noches, le había sido encomendada.

Los dedos se deslizaban sobre el teclado invocando palabras que poco a poco se instalaban sobre el papel blanco, casi inmaculado.

Esas palabras iban formando pequeñas historias que emanaban espontáneas y tan ridículas que nada significaban, que tan solo se contaban a sí mismas, trazando círculos viciosos y desnortados, como precisamente aquella en que, en una noche cualquiera, sosegada y oscura, alguien se sentaba en un sillón

articulado, frente a una máquina de escribir, tratando de enfren-
tarse al sueño que definitivamente ganaba la batalla, un sueño
en el que se veía frente a una vieja máquina de escribir a la que
conseguía arrancar una pequeña historia en la que, de nuevo,
soñaba que la escribía.

Sofisticación

Salté de la cama, o para no caer en el infierno de la imprecisión, intenté saltar de la cama, pero apenas si pude alcanzar el suelo con ambos pies.

Estaba frío, lo sentí claramente con mi pie izquierdo, desde el que me ascendió al instante un triste y helado arroyuelo hasta la nuca.

Sin embargo, aunque mi pie derecho también se hallaba en el suelo, no podía sentirlo; la pierna estaba allí, pero era claramente ajena.

Es más, me di cuenta enseguida: mi pierna derecha no era mía.

No es solo que la tuviera acorchada, insensible, sino que era completamente distinta. Su piel, mucho más oscura, suave, con una pantorrilla perfectamente torneada, como hecha con un cincel a golpe de cariño, los muslos brillantes y firmes. Y los pies que la culminaban, llenos de dedos pequeños y bien formados, con uñas inmaculadas.

Si no fuera contrario a mi feminismo militante, y pudiera admitirse alguna diferencia entre hombre y mujer (que Dios no me confunda, que creo que es lo que trataba de hacer), me atrevería a afirmar que había amanecido con una pierna de mujer.

Quizá era solo una anomalía temporal, o era solo mi cabeza o mi cuerpo, al que la vigilia había sorprendido eligiendo su nuevo género para entretenerse durante su navegación por el mundo de las sombras. Sin duda, así había sido; me parecía la explicación más razonable: al despertarme de repente, de forma abrupta, había detenido una transformación en ciernes, que solo había tenido tiempo de moldear una de mis piernas, que ahora se veía realmente hermosa.

En fin, nada irreal ni extraordinario, gajes de la fluidez del sexo.

Serenado, me levanté y dirigí mis pasos a la cocina; todo, afortunadamente, orden, salvo que noté que mi nueva pierna era un tanto más corta que la anterior y me provocaba una pequeña cojera. En realidad, no podía quejarme, apenas si era perceptible y me envolvía en un claro tufillo de sofisticación.

Este día que termina

Es posible que este día que termina ni siquiera haya existido, que no haya sido sino un espejismo sin desierto.

Es seguro que este día que ahora comienza no ha sucedido todavía e incluso posiblemente no vaya nunca a suceder, que se quede tan solo en un proyecto lastimoso.

Nos soñamos comenzando el día, transitando por un tiempo que desaparece a medida que avanza, o terminando aquello que ni siquiera llegó a empezar.

Tan solo creemos, firmes frente al caos, que existimos, con la inquebrantable fe que solo tiene el que no es.

Espejos

Hace tiempo que no me devuelven la sonrisa, que mi imagen invertida no responde a mi saludo, que en vano me planto ante ellos gritándoles o gritándome, exigiéndoles que me devuelvan al sitio donde debería estar, en el que ya solo aparece el vacío.

Me asomo a su severo marco y me doy cuenta de que han perdido la armonía; tan solo me permiten ver un extraño desierto de arena reciente, desplegándose hacia un infinito de escarcha.

Ya dura mucho este juego que repito cada día, que empieza cada mañana cuando me levanto y se alarga hasta bien entrada la noche, hasta que me rinde el sueño y caigo en una oscuridad que me reconforta, que me permite plantarme ante ellos de nuevo y gritarles con todas mis fuerzas, sin obtener más respuesta que la desesperante pasividad de los espejos.

Al otro lado

Sus piernas tersas, suaves y tan largas que llegaban al suelo, la precedían.

Aunque el lugar estuviera lleno, atestado de personas hablándose en voz alta, arrojándose opiniones a la cara con una vehemencia de tertulia televisiva, en el instante en que entraba, en que cruzaba el umbral, el silencio se adueñaba del lugar, quedando solo un rumor sordo de una envidia imposible de acallar.

Por mi parte, como siempre, me escondía en aquella esquina mal iluminada, simulando una timidez estudiada y una serenidad que sabía que me encumbraba, que me hacía sobresalir del general y paralizador asombro.

Disimulaba, hacía creer que no las había visto, procuraba volver mis ojos a un punto indefinido, aunque en realidad solo tenían esas piernas como objetivo, en un papel obsesivamente estudiado; simulando quitarle importancia a aquel par de prodigios que sentía aproximarse suavemente, con una elegancia que parecía de otro mundo, de un mundo totalmente inventado.

Sabía que, por exigencias de un guion invariable, oiría sus pasos firmes, bien entrenados, dirigiéndose hacia mí. Como si estuviéramos solos, como si no hubiera nadie más en aquella estancia atestada de extras, de gente de mero relleno.

Una vez a mi lado, en el final de la escena, le brindaba mi mano, le ofrecía la mejor de mis sonrisas y, anudándome con elegancia el nudo de la corbata, la tomaba de la cintura y me detenía a escuchar cómo crepitaba la envidia.

Salíamos finalmente con calma, paladeando el momento, dirigiéndonos miradas de complicidad, contemplando a la gente que se apartaba mostrándonos el camino hacia la salida con un suspiro de impotencia; y ahí terminaba todo, con un fundido tan negro que provocaba aplausos.

Ese día, sin embargo, ese final se torció. Intentamos que fuera distinto, nos atrevimos a ir más allá de lo permitido, a experimentar cómo el viento nos cruzaba la cara, a tratar de probar la realidad, el mundo de más allá de la pantalla, un mundo carente de flases y oropeles, en el que, si seguían fijándose en nosotros era porque a nadie podía escapársele una pareja tan trasnochada, vestida de una manera definitivamente antigua, con un intenso olor a sueños y a naftalina.

Pero en cuanto sentimos el frío penetrando en nuestros huesos, sin la protección de un guion con el que domar la realidad, volvimos a entrar en el cine, cabizbajos, la sonrisa transformada en una triste mueca, y a buscar el cobijo de la oscuridad hasta que logramos saltar ágilmente al otro lado, al encuentro de unos focos que nos devolvieron el brillo y la sonrisa, haciéndonos caer en la cuenta de que nunca deberíamos haber abandonado la felicidad enlatada, esa que solo existe de este lado, del lado en que no cabe la sorpresa porque todo está milimétricamente sopesado.

Leave the kids alone

Como todas las mañanas, entré en aquel antro rebosante de impostada felicidad, borrando toda huella de melancolía y todo signo de inteligencia autónoma.

La mochila me pesaba exageradamente; apenas podía sostenerla sobre mis frágiles hombros de niñez indómita.

La rutina, sin embargo, me tranquilizaba, y la esperanza de que pudieran encauzar, matándolas, mis alocadas emociones, hacía que mi entusiasmo superara todas las expectativas.

Allí estaban ellos, dispuestos a convertirme en una persona de bien, domando mis emociones, encerrándolas en una jaula recién construida por ilustres pedagogos a la que nos empujaban sonrientes. Íbamos uno tras otro, entrábamos libres y diferentes y salíamos iguales y esclavos de la corrección.

Afortunadamente, dedicaban tanto tiempo a inculcarnos esos valores que a ellos, cerebros vencidos por la instantaneidad, les parecían originales y que no eran más que trasnochados eslóganes dignos de un rebaño iluminado, que a nadie se le ocurría enseñarnos nada que mereciera ser retenido en la memoria.

Salí cabizbajo, camino de casa, después de una dudosa jornada en el centro educativo, sabiendo que al día siguiente tendría que colgar de nuevo todas mis emociones, olvidar todo cuanto quería ser, para someterme al mismo proceso con el que poco a poco se apagan los sueños.

Tenía apenas ocho años…

El premio

Cuando lo vi en aquella imagen a la que nadie prestaba atención, no pude sino lanzar un grito que se quedó justo en la línea que separa la sorpresa y el pánico.

Estábamos en tertulia amigable, entre risas y decepciones, trasegando cervezas sin fin, en un sábado tan igual a cualquier otro que poco a poco lo veíamos transformarse en domingo, triste y pobre barrera de un lunes incipiente.

Como no era la final del campeonato de Europa, sino la retransmisión de la entrega del Nobel de Literatura, nadie se fijaba ni en los pormenores ni en los por mayores de las imágenes que llegaban de Suecia, y mucho menos ponían el oído al elaborado discurso de aquel escritor que, antes de ser condecorado, estaba haciendo un encendido discurso sobre el valor de la lengua española.

Tampoco yo estaba interesado en los receptores de los premios, ni en sus discursos, atento como estaba a las certeras y precisas opiniones vertidas sobre el arbitraje del último partido de nuestro equipo.

No obstante, cuando miré de reojo las imágenes del televisor, no pude por menos que sentir un escalofrío.

Allí estaba, con una seriedad que no podía ser sino impostada, vestido de rigurosa etiqueta, con una corbata negra que combinaba con la montura de sus gafas y desenvolviéndose con una fluidez digna de quien está acostumbrado a asistir a grandes acontecimientos y a codearse con la espuma de la sociedad.

No hubiera sido extraño; su talento había sido siempre muy destacado entre amigos y conocidos, no podía por menos que ser reconocido por todos a cuantos tuvieron ocasión de tratarle.

Sin embargo, y de ahí el pánico, lo verdaderamente extraño es que hacía cinco años que había muerto.

Inspiración

A veces llega bien entrada la noche.

Otras veces hay que esperar a que amanezca. A sentir la luz y el calor acariciando la piel después del sueño, rastreando nuevos despertares.

Te convences de que no ha llegado. Piensas que ya no volverá.

Son momentos que solo se olvidan cuando, de repente, se te vuelve a echar encima y te expulsa de este mundo del que, sin ella, apenas puedes huir.

Hoy, de nuevo, he decidido esperarla. Me he sentado en el mismo banco modesto, de madera vieja y torpemente cincelada. Rodeado de árboles de sombra, sobre un prado idéntico al que pisaban mis huérfanos pies en una niñez lejana y recóndita.

Como cada mañana, recién inaugurado el día; como cada tarde, cuando las horas transcurren vencidas; como cada noche, cuando la oscuridad me obliga a mirar hacia dentro…

Como todas las inocentes mañanas, las pesadas tardes y las esperanzadoras noches de todos los días, de todos los meses, de todos los años, aguardo la buena hora en que la inspiración me alcanza.

Promesa

Me despierta la animada conversación de los pájaros.

Presto atención y también escucho el delicado sonido de la brisa abriéndose paso entre las ramas.

El agua del río cercano resuena monótona, cerrando la panoplia de ruidos que pueblan esta mañana soleada, de un frescor tan vívido que convierte en una grata aventura la pesada tarea de respirar diez veces por minuto.

Desde el dormitorio me dirijo a la cocina, antigua y señorial, y sin pensar, a la fresquera, envuelto por el aroma familiar de la madera reciente, apilada en el horno de piedras milenarias y sabias, que celosamente guardan su memoria.

Saco el zumo recién arrancado de las naranjas del huerto y, sentado en el jardín, bajo las ramas de árboles centenarios, lo degusto placenteramente.

Me espera un trabajo que ya se ha vuelto rutina…

Sin más demora, cojo la pala del cobertizo y empiezo a cavar con fuerza, sacando tierra húmeda, junto a las matas de la deliciosa cebolla morada, de un sabor ligero, dulce y picante, cuyo sabroso recuerdo hace que me campanee el paladar.

Pienso en ella, desnuda todavía sobre la cama; me apena pensar que ya no podrá disfrutar más de estos sencillos placeres tan terrenales; la veo ya echada sobre mi hombro y sé que la depositaré con cariño sobre el fondo húmedo de una tierra recién descubierta, buscada con todo mi amor solo para ella.

Sé que, con las lágrimas resbalándome por la mejilla, el sudor empapando mi mejor camisa, escogida para la ocasión, rezaré con devoción por su alma y me prometeré que esta vez será la última.

Pobres humanos

Ya se empezaban a oír los primeros ladridos. Perros atados a sus cadenas intentando escapar, otros circulando libremente dentro de las parcelas, los más afortunados fuera del límite de sus viviendas, en plena calle, oliéndonos los culos como si hoy fuera para siempre, husmeando placenteramente los olores pegados al pavimento desde hace quizá años.

Mientras, los humanos seguían en sus camas disfrutando o padeciendo con sus plácidos sueños o feroces pesadillas.

Cuando se levantaran, ya sería demasiado tarde: el calor se habría apoderado de la atmósfera haciéndola irrespirable.

Seguramente entonces y solo entonces, tras desayunar con perlas de sudor brotándoles por la frente, recién bebida esa pócima mágica que llaman café, me pondrían la comida que querrían reducir a una especie de pienso insípido y maloliente. Menos mal que, ensayada mi cara de orden mendicante, sabía que me esparcirían encima de esos granos incomibles jamón o atún y eso sería lo que me comería; eso y los trozos que iría dándome cada miembro de la familia cuando, descoordinada y sucesivamente, fueran rompiendo el ayuno a base de tomate y jamón serrano de calidad, gran parte del cual me engulliría sin rubor.

Lo malo es que después decidirían hacer algún deporte bajo un sol ya abrasador y pretenderían arrastrarme con ellos, creyendo que es lo que me apetece. Menos mal que aquí, en el pueblo, me llevan sin correa y, al primer descuido, procurando no ofenderlos, puedo zafarme y regresar a casa, cuya puerta dejan

abierta, para tumbarme a la sombra, en el patio, bajo el pequeño naranjo, cerca de la fuente de la que brota un agua fresca y
limpia. No solo es lo que me gusta, sino lo que cualquier ser
sensato haría cuando ya se le viene encima este calor seco que,
sin duda, al agostarles el cerebro, les impele a salir en busca de
una insolación segura.

A pesar de todo ello, y de que afortunadamente se les olvidó
la pelotita que tiran con entusiasmo para que vaya una y otra vez
a recogerla, no me tratan mal, me dan de comer y, a pesar de su
extraño comportamiento, propio por otra parte de todo huma-
no, les tengo aprecio, un aprecio que se vuelve un poco lástima
cuando los veo agachados, con esa bolsita minúscula, recogiendo
mis excrementos.

En fin, seguiré sesteando hasta que regresen y los recibiré
como se merecen...

Larga espera

Evidentemente, siendo agosto ese mes ensimismado en que el calor del sur va secándonos, poco a poco, sin estridencias ni falsas agonías, el telencéfalo, dejándonos sin memoria ni emociones, esto que escribo no puede ser un relato.

Carece, porque no puede tenerla en este agosto infernal, de la coherencia necesaria; la que obliga a que todo empiece por el principio y vaya encaminándose, tras una meseta más o menos sostenida, según las ganas o la paciencia, o las reglas de un oficio autoimpuesto, hacia un final que todos o la mayor parte de los lectores puedan entender como tal.

Exactamente lo contrario que en la vida, en que los acontecimientos se acumulan desordenados, sin principio ni final, y eres tú, como ser sometido a la razón, de una racionalidad opuesta y enfrentada al mundo caótico que nos rodea, quien los ordena, tomando por principal aquello que te interesa, como el periodista elige los titulares según su propia conveniencia.

Por eso, perdida la razón gracias al asfixiante y venturoso mes de agosto, aquí no me exigiré comenzar por un principio, ni desatar nudo alguno o llegar al final como quien llega a una meta después de haber recorrido el camino esperado, fingiendo sorpresa.

De hecho, ni siquiera me impondré la difícil tarea de empezar; tan solo cerraré los ojos y, mecido por la brumosa luz de la mañana, escuchando brotar el agua de la fuente tras el robusto árbol centenario, esperaré plácidamente a que el final me encuentre.

Soledad

Este extraño sabor amargo que no se va.
Ese dulce regusto de café reciente.
Esta tierra de tacto duro y agreste.
Esa suave caricia en el pelo.
Este olor que impide respirar.
Ese perfume de rosa recién cortada.
Este rojo intenso de sangre humana.
Ese suave azul tan marinero.
Esta abrupta palabra que a todos calla.
Ese verbo que invita al consuelo.
Esta soledad.
Ese silencio.

Bruma taciturna

Siento mis dedos sobre este ya viejo ordenador, refugiado en ese hogar tan mío que me resulta extraño, como si fuera de otro, como si yo no lo habitara y estuviera plagado de fantasmas, unos fantasmas tan livianos que están extrañamente convencidos de que no existen.

Muevo despacio los dedos para evitar que escuchen el ruido sordo del teclado y se conviertan en pesadas cargas a las que no seré capaz de hacer frente.

Apenas respiro en mi candidez de hierro, mientras sigo a mi tarea ensimismado, queriendo que mis rodillas dejen de crujir en estos cincuenta años que me habitan.

Poco a poco, como en una historia simple y reluciente, de las que cuentan a los niños para que cojan el sueño, avanzo hacia un final que, desde siempre, he presupuesto, y que surge frente a mí en la pequeña pantalla idiotizante.

Solo cuando lo escribo me doy cuenta de que vago por una vieja casa moribunda, que me acomodo en un sillón azul cobalto disfrazado de bruma taciturna, que tecleo inseguro mi portátil y que diviso en lontananza tenues figuras que, como ellas mismas saben, nunca han existido.

Grandiosa bovinidad

Bajaba por una carretera franqueada por un verdor mágico, una excepción en este mundo prosaico, disfrutando de una humedad tan envolvente que me parecía ajena.

Escuchaba en la radio un entusiasta debate en torno a la inasibilidad de la materia, solo localizable en su efímero rastro, que ha supuesto un premio Nobel y ha negado una teoría pergeñada por el mismísimo Einstein.

En esas andaba, cuando frente a mí, concitando toda mi atención, en un camión desvencijado, pude percibir una mirada intensa. Un ojo que reunía toda la sabiduría, de una serenidad inasible, me miraba con la tristeza de quien ha superado cualquier desdicha y al mismo tiempo me transmitía una felicidad secreta.

Estabulado en el camión, sin apenas espacio, allí estaba ese animal imponente, de una grandiosa bovinidad, sonriéndome a pesar de su natural resignación, haciendo, sin duda, que mi mañana fuera mejor.

Mala digestión

Me levanté con un sabor de boca ciertamente amargo, similar al amargor que me inundaba la cabeza que apenas podía sostener sobre los hombros.

Era una cabeza superlativa, sin duda una enormidad a escala humana. Parecía un globo a punto de estallar, con unos grandes ojos parecidos a huesos de chirimoya que hubieran sido aumentados por una suerte de telescopio electrónico.

Sin embargo, una vez de pie, desde mis tres metros de altura, pasados los primeros momentos que me servían para recuperar el equilibrio, ya no parecía tan desmañado.

Parecía un ser casi normal, que flotaba con dulzura y suavidad sobre el suelo, avanzando sin necesidad de tocarlo, evitando todo rozamiento para adquirir poco a poco una velocidad que me permitía recorrer distancias siderales sin que, de haber tenido pelo, me hubiera siquiera despeinado.

Aterricé cómodamente tras un recorrido bastante tranquilo, sin ningún incidente digno de destacar, después de haber viajado en solitario desde mi lejano planeta, a través de la oscuridad del Universo.

Al fin y al cabo, tardé tan solo mil años, un suspiro en el que apenas tuvo tiempo de arrugárseme el entrecejo.

Por eso me fastidió un poco aquel ser vociferante, pequeñito, rechoncho y feísimo, cubierto por un gorro de paño, que me recibió con una especie de canuto de hierro en la mano que disparaba pequeñísimos proyectiles, meras esquirlas que me rebotaban en la piel y me hacían unas molestas cosquillas.

Lo confieso, no era mi intención ponerme violento, pero me lo comí de un bocado y tardó apenas unos minutos en llegar a mi estómago.

Todavía estoy digiriéndolo…

Habitar el día

Nuevamente amanece.

Como dicen que ha sucedido desde que el hombre pisa la tierra y ha podido constatarlo, como insisten en que sucederá mañana y los días que puedan venir después.

No puedo corroborarlo, solo puedo decir que hoy, hace un momento, he visto amanecer; la luz, tímidamente al principio, rotundamente, con una severidad de hierro, después, expulsaba las últimas sombras a las que ya me había acomodado, obligándome a abandonar mi refugio.

El tenue e incesante rumor del agua, como una melodía tenaz; la suave brisa de los primeros instantes de la mañana; el olor a humedad; los ladridos lejanos con sabor a bostezo, me conminaban a despedirme del sueño que todavía me abrigaba.

Obligado a cruzar ese umbral inasible, me preparo a habitar el día.

Sosiego

El sol, aproximándose al apogeo, traspasaba las ramas del membrillo, dándole un aspecto solemne.

El perro, que sabiamente había buscado la sombra, no se daba cuenta de su suerte y esperaba la llegada de su dueño, que caminaba unos metros por detrás, despacio y con la esperanza justa que le permitía avanzar, cubierto por una gorra azul de paño y apoyado en un vigoroso bastón que le arrebató a un árbol al descuido.

Llegó por fin y se sentó al lado del animal, en una piedra que descansaba justo debajo del membrillo; allí robó un buche de agua a su vieja cantimplora y se la ofreció al animal, que bebió con ansia.

Sacó de su faltriquera el tabaco y papel de fumar y, como una estampa antigua demonizada por la nueva medicina, que no quiere enfermos porque atenderlos es costumbre desfasada de otros tiempos, se lio su cigarrillo, al que atacó de inmediato, aspirando el humo profundamente para después sacarlo con lentitud por la nariz, obligándolo a enredarse suavemente en sus pensamientos.

Meditando de aquella manera, quedó sentado durante horas, ya que, afortunadamente, nada peor tenía que hacer, mientras el perro lo miraba agradecido, con una sonrisa provocada por la sombra en que se hallaba y en la que tenía intención de instalarse.

La migración de los árboles

Los árboles se recolocaban tras la larga noche de forma desordenada, pues intuían que el sol se disponía ya a dominar el horizonte.

Se movían con la lentitud con la que los grandes hipopótamos amarillos abren la boca al masticar sus gramíneas favoritas y con la misma despaciosidad con la que defecan a medida que se alejan del agua: pulgarcitos salvajes que temen perder su camino.

El bosque había quedado yermo al caer la noche; sin prisa, cada uno de los árboles, conforme al ensayo previo que hace años decidieron practicar, dejaba su sitio de forma sigilosa.

Hartos de estar anclados al mismo lugar, pero sensatamente convencidos de que no deberían abandonarlo de forma definitiva, cada uno tenía libertad de abandonar el verde rebaño desde la medianoche hasta el principio del amanecer.

Los pájaros, aunque estaban acostumbrados a aquella trashumancia, pues ya se había repetido de forma monótona durante muchos años, incluso siglos, gritaban de forma desaforada antes de levantar el vuelo para posarse inquietos en los tejados vecinos.

Todas las noches, por su parte, los habitantes de aquella recóndita aldea, escondida tras el bosque, al abrigo de las montañas, soportaban el vuelo sorprendido de las aves y las observaban haciendo círculos, cruzándose nerviosamente, a una velocidad endiablada, apenas evitando chocar entre sí, para precipitarse cual suicidas hacia sus casas y coger el mejor sitio en los tejados.

Se desvelaban con los gritos y el batir de las alas y, con el sueño todavía a cuestas, se asomaban a la ventana, repitiendo un rito ya convertido en costumbre insana, sin poder explicarse con exactitud lo que pasaba, pero viendo horrorizados cómo el antiguo bosque ya no estaba.

Comprendiendo que aquello no podía ser sino un mal sueño arrastrado desde antiguo, una vez calmados los pájaros que se aprestaban a dormir en tensa espera, volvían a la cama, sabiendo que al día siguiente, frente a sus ventanas, se levantaría como siempre, con dignidad patrimonial, el viejo bosque al que los árboles estaban volviendo ahora, justo antes del amanecer, resignados.

Profunda amistad

La hoja de la navaja apareció como un faro, en mitad de la noche.

Amparados por la plácida luz de la luna, trajeados como en sus días más señalados, arremetían el uno contra el otro con una saña impropia de su condición de abogados elegantes y sagaces.

No sabían el motivo por el que se habían enzarzado en aquella refriega, aunque sí tenían claro que solo uno de ellos saldría vivo y cruzaría victorioso la frontera del amanecer.

El cuchillo fue algo inesperado, un poco rastrero e impostado, que atrajo el silencio atroz a la tranquila noche y cruzó su oscuridad como una pregunta sin respuesta o con infinitas respuestas torpemente enredadas.

Aunque se puso en guardia, posando sus ojos escandinavos en ella, no pudo evitar que, con una rapidez y certidumbre propias del más cobarde de los hombres, su contrario hiciera que el cuchillo penetrara en su costado, por debajo de la axila —también conocida como sobaco— y paralizara su corazón hasta entonces encabritado.

Cayó de manera fulminante, sin poner apenas resistencia, y sintió de inmediato el aliento mentolado de su amigo, que todavía blandía en su mano el arma ensangrentada.

Una pequeña lágrima, solo una gota insignificante, rodó por su cara alcanzando su boca, que la sintió salobre, pero agradeció que, en aquel último trance, le refrescara la garganta, tan seca que le impedía proferir un grito.

La cara de su amigo, que acababa de asestarle el golpe final, estaba inundada de lágrimas sinceras. Vio cómo se le acercaba y le daba un beso fraternal, de los que solo pueden darse a un moribundo.

Fue un glorioso y emocionante final.

Carnaval

Era pleno carnaval en la isla. Todo el mundo estaba disfrazado y reinaba un ambiente de despropósito generalizado.

Recordaba que ese mediodía, después de haber trasnochado y haberme acostado el día anterior a las siete de la mañana, desmadejado y tras haber dejado a una acompañante de quien no conseguía acordarme, me había duchado y me había vuelto a poner las medias, el liguero y el provocativo traje de faralaes rojo, bien ceñido.

Tras afeitarme nuevamente el bigote, rasurarme las cejas y colocarme unas gafas de cristales violáceos, volví a salir a la calle, abanico en ristre, y empecé a saludar a diestro y siniestro, tomándome fotografías con todos los que, con disfraces imposibles, soñados durante el último año, se pavoneaban por las calles de la ciudad.

En eso estaba, trasegando las primeras tropicales, solo cuatro o cinco, cuando sentí el móvil, pegado a mi piel, sujeto por el liguero, vibrando insistentemente, con una tenacidad que hizo que se me levantaran los pelos en señal de alarma.

No pude por menos que cogerlo y, en efecto, como pensaba, era de la comisaría, desde la que el único agente de guardia me comunicaba que había recibido un aviso urgente.

Sin tiempo de cambiarme, con los labios pintados de rojo pasión, acudí al lugar de inmediato.

El domicilio, una vivienda unifamiliar a las afueras, estaba ya acordonado con una cinta de un rojo que se acompasaba estupendamente a mi traje.

Me fue difícil convencer a mis subordinados para que me dejaran pasar, pero cuando me identifiqué, pude acceder a la casa, contoneándome a través del jardín al ritmo de la música que todavía me invadía y tratando de ahuyentar el calor con mi abanico de lunares, hasta llegar a la puerta principal.

Nada más cruzar el umbral, allí la vi:

Tumbada en el suelo, con los ojos completamente abiertos, mirándome con una suerte de descaro inapropiado, el cuchillo clavado en el pecho y una mueca extraña que se notaba había pivotado desde la sonrisa al horror que ahora desprendía; exactamente igual, en la misma posición en que la había dejado la noche anterior.

De hormigas y ovejas

Las hormigas habían estado revolucionadas toda la noche.

Se les oía ir y venir en fila, tan ordenadas que parecían soldados dirigiéndose a una batalla.

Estaba claro que organizaban algo grande, algún evento para el que se preparaban concienzudamente, con esa seriedad que solo pueden tener los insectos cuando empiezan a entender que su pequeñez los convierte en grandes.

Mientras contaba ovejas, grandes y lanudas, para intentar dormir sin conseguirlo, noté que las hormigas empezaban a subir, marciales, por mis piernas. Superando todos los obstáculos, ya habían alcanzado las rodillas y caminaban muy serias por mis muslos.

Empecé a preocuparme porque las ovejas habían superado el centenar y mis ojos seguían de par en par, y porque, a pesar de su gran volumen, no parecían querer defenderme de las hormigas que, casi sin que me diera cuenta, habían llegado al ojete y se introducían despaciosamente en mi cuerpo.

Comprendí entonces cuál era su propósito, pero me di cuenta también de que era ya muy tarde, tan tarde que eran miles las ovejas que me pateaban la cabeza al unísono para impedirme dormir, y también las hormigas que se empeñaban en que siguiera sintiendo un cosquilleo intenso que ya me había alcanzado el estómago.

Seriedad descubierta

Jamás había esbozado una sonrisa, no recordaba haberse reído, ni siquiera haber sonreído en ninguno de los días de su vida, en ninguno de los cincuenta años que habían pasado desde que tenía recuerdos de sí mismo, desde que había empezado su ya largo periplo por este mundo.

Pero lo peor no era eso —ahora que lo pensaba—; lo peor era que tampoco se había puesto nunca un sombrero. Ni siquiera una gorra, que no es sino la hermana pobre del sombrero, ni aún había lucido una rancia boina negra, su prima hermana pueblerina.

Recordaba veranos feroces, de un calor mayestático; se veía caminando por las calles solitarias de su ciudad sureña, al sur del sur, cerca del final del mundo que llaman civilizado, completamente solo, sin nadie que se atreviera a acompañarlo, bajo un sol apabullante, en el momento que dicen del mediodía, con la cabeza descubierta y una seriedad tan desconcertante que parecía que estuviera asistiendo a su propio funeral.

No era una situación cómica, ni siquiera divertida; sentir el mazazo del calor en pleno rostro no invitaba a la risa ni siquiera a la sonrisa.

Pero también habían transcurrido otoños y primaveras, anteriores y posteriores al invierno que, al acartonar los cuerpos, sin duda justificaba el gesto adusto, y tampoco en ninguna de esas estaciones había esbozado una sonrisa ni se había visto tocado por un sombrero, aunque fuera pequeño, de paño modesto, sin pretensiones, y eso que cada día se obligaba a asomarse a los espejos.

Añicos

Me instalé en aquel diminuto apartamento en busca de sosiego, de un periodo de descanso que me permitiera coger impulso para continuar adelante.

Estaba en medio de la nada, en una pequeña aldea afortunadamente perdida de la ría, lejos de las hordas de turistas, en un rincón extrañamente oculto, desde donde se veía a todas horas un mar embravecido, surcado por pequeñas barcas tan azules que, cuando el sol nos visitaba, se confundían con el cielo.

Llegué a aquel lugar de la Galicia marinera ligero de equipaje, con un pequeño maletín en que guardaba mi viejo ordenador y una maleta en la que apenas cabían un par de camisetas, dos pantalones, tres calzoncillos y cientos de sueños atrasados.

La vivienda era tan simple como pequeña, una sola habitación con una cama en el centro, una chimenea, una mesa y una silla. El baño tenía el sitio justo para una ducha y un inodoro.

El balcón, sin embargo, colgado sobre el mar, era enorme. Al asomarte, sentías bajo tus pies el vaivén inconfundible de las olas, la extensión del agua hasta la orilla opuesta y, sobre tu cabeza, el constante aleteo de las gaviotas.

Era perfecto, no necesitaba más: tan solo el aire del mar para refrescarme, la cama para descansar el máximo tiempo posible y la pequeña silla en la que sentarme ávido frente al ordenador para escribir de continuo, sin interrupciones.

Desgraciadamente, no me fijé en el espejo cuando por vez primera inspeccioné el lugar. Era de una concavidad parecida a la de los que hay instalados en algunas intersecciones para ver si alguien se acerca antes de cruzar y, desde un principio, ahora lo sé, me observaba desafiante desde una esquina.

Los primeros días transcurrieron como había previsto. Me levantaba temprano, después de horas de sueño reparador, desayunaba contemplando el mar y el trasiego de los aldeanos que salían de mañana a pescar. Soportaba el graznar siempre escandaloso de las gaviotas a aquellas horas tempranas y después salía a dar un paseo por la playa saludando alegremente a los escasos vecinos que habitaban la pequeña aldea, apenas cinco casas arracimadas junto al mar.

A la semana, sin embargo, empecé a notar un extraño cansancio que me impedía madrugar. Perdí sin apenas darme cuenta el ritmo de los primeros días y el optimismo que me invadía al ver que la historia que iba escribiendo empezaba a tomar cuerpo e incluso tenía un buqué más que aceptable, un cierto regusto que dejaba un poso agradable en la boca, digno de degustarse.

A las dos semanas ya se intuía la desgracia: las ideas que en un principio manaban a borbotones, de una fuente que parecía inagotable, empezaron a menguar hasta que prácticamente desaparecieron.

Comenzada la tercera semana, ya apenas me levantaba de la cama, no le veía sentido alguno. Estaba convencido de que, por más que lo intentara, no sería capaz de dar aliento a la historia que creía tener tan bien encarrilada apenas dos semanas antes.

No podía entenderlo; me seguía sintiendo con ánimo, en un lugar paradisiaco, apartado de todo ruido que pudiera interrumpir mi única obsesión: terminar aquel relato.

Por más que pensaba, no lograba saber qué había pasado, qué había hecho que cambiara un rumbo que parecía tan prometedor; hasta que, por casualidad, de pronto, lo vi: me fijé en el espejo que siempre había estado allí, en la esquina de la habitación, apropiándose de todas las imágenes, de toda la luz, robándome sin duda las ideas a medida que iban brotando.

Lo descolgué y, con rabia, con verdadero odio, lo rompí hasta que se hizo añicos que, sin pensarlo, tiré con fuerza al mar, que los iba engullendo a medida que caían.

Mirando cómo describían una parábola en el aire antes de caer en picado, sentí que cada una de mis ideas iba encapsulada en cada uno de esos pequeños cristales. Vi cómo se hundían ahora en el mar para perderse definitivamente sin haber tenido ocasión de salir a flote y supe que ya jamás podría recuperarlas.

El viejo ruso

Hoy me he levantado temprano, siendo rigurosamente fiel a esa costumbre mía tan arraigada de madrugar.

Estaban justo sonando las doce campanadas en el reloj de la torre del pueblo que me habita.

Digo bien, me habita, porque no resido en ese pueblo que me bulle por dentro y me conduce en las horas más íntimas, sino en una ciudad mediana, de un país cualquiera, de cuyo nombre sí quiero acordarme y sí me acuerdo, pero que no nombraré por guardarle un pudoroso y solemne respeto.

Solo diré que sabe y tiene toda la pinta de una fruta cuyos granos de dura pulpa cuesta sacar de su habitáculo semejante a un panal y son de un dulzor que guardan celosos sus ásperos habitantes.

En fin, abandonando mi inclinación natural a lo disperso e incoherente, continuaré por la senda de la cordura.

Desayuné despacio, según también suelo hacer cuando me amanece temprano, bajo la atenta mirada triste y abrigadora de mi perro, con el que suelo compartir comida y gruñidos.

Como premio a su fiel compañía, le puse la correa amarilla que siempre tenía colgada en el viejo paragüero orensano, una atípica y fantasmal presencia que solo servía para invocar recuerdos en esta tierra en la que casi nunca llueve.

Coincidimos en la siempre tensa espera del ascensor con mi vecino ruso, un hombre de ochenta años, fornido, musculoso y enorme, que ya calzaba su gorro de piel, rimbombante y oscuro, seguramente vieja herencia de su juventud peterburguesa, que atraía el viento helado de la Avenida Nevski y nos provocaba un escalofrío frente al que no nos quedaba más remedio que gruñir.

Él, el viejo ruso, por su parte, se animaba también a gruñir, con un sonido fiero y prolongado, que se podía interpretar como un saludo y al que ponía fin con un aullido delirante, al que nos uníamos gustosos.

Después de ese concierto improvisado, que incomprensiblemente provocó las quejas de los demás vecinos, sin duda ignorantes y no amantes de las artes, cambiando de opinión, acompañamos a nuestro nuevo amigo, en cuyo rostro ya se dibujaba una sonrisa diáfana y sincera, a su casa y lo contemplamos en silencio, con arrobo, mientras que, con un ritual que recibimos con agrado y sorpresa, destapaba una botella de Beluga bien fría, recién desenterrada de las praderas mariinskianas, que nos sirvió en unos cuencos labrados con cordón de oro y que degustamos con lentitud, a pequeños sorbos, acompañándola de breves bocados de un pastel de crema agria que dispuso sobre la mesa en unos pequeños platos descascarillados, al son de canciones tradicionales que nuestro nuevo amigo se atrevía a cantar con una voz tan bronca como poco acompasada.

Así pasamos la tarde hasta el ocaso, momento en que la tristeza inundó su rostro, de una forma tan repentina que nos resultó sombría, y en el que, llorando desconsoladamente, nos invitó a abandonar su hogar.

Trastabillándonos un poco, más yo que solo tengo dos patas, cruzamos a casa y solo alcanzamos a echarnos en la cama de cualquier manera y, profiriendo un último aullido en un ruso tan cerrado que nos heló la sangre, nos quedamos completamente dormidos.

Tupé descolocado

El traqueteo inmisericorde hacía que se me descolocara el tupé recién laqueado.

Por el resquicio de la ventana mal sellada entraba un aire helado que invadía la cabina.

Desde el exterior se colaba igualmente el sonido monótono y nervioso de la hélice que sostenía el mínimo aparato, un aleteo que sonaba como un pájaro desvencijado que agitara las alas con una desesperación que sabía inútil.

El habitáculo era mínimo; tan solo iban el piloto, en el asiento de delante, cubierto con un casco que parecía más grande que él, del que salía un micrófono por el que musitaba palabras constantes, inaudibles en mitad de aquel ruido ensordecedor, pero que se parecían mucho al sonido de la desesperación; el forense, sonriente y claramente satisfecho por haber hurgado con éxito, y la dulzura acostumbrada, en el cadáver que iba junto al piloto, envuelto en un plástico rudo, de una negrura rimada; y el propio cadáver ya rígido, sobre el asiento contiguo al del piloto, aunque sin poder darle consejo ni advertencia alguna.

La rueda que avisaba del combustible restante había rebasado hacía mucho tiempo, con creces, la zona roja, a pesar de que el destino final, o cualquier zona en que por asomo pudiera posarse el helicóptero, quedaba todavía muy lejos.

No había sido buena idea obligar al piloto a desobedecer las órdenes que le llegaban desde la base y bajar en plena Sierra de las Nieves a recoger el cadáver, cuando ya la noche acechaba y el viento amenazaba convertirse en un pequeño huracán.

Cuando el pequeño amasijo de hierro empezó a dar señales inequívocas de no poder sostenerse en el cielo, el sudor inundó el cuerpo del piloto y sustituyó de súbito el frío que lo cubría; sobre todo en el momento en el que, a pesar de los intentos de dominarlo, tuvo que resignarse a sentir cómo caía sin gobierno antes de haber podido abandonar las afiladas cumbres nevadas.

De todos sus ocupantes, solo yo, envuelto en aquel plástico protector y privado hace tiempo de mis sentidos, supe mantener la calma.

Ajenidad blindada

Jubilados indomables se apoyan en paraguas tartamudos, mientras niños sin esperanza caminan sobre muletas renqueantes.

Nos rebozamos en la misma pasta de los sueños, justo en el momento en que empieza a diluirse en la mañana.

Somos los mismos sueños diluidos y entreverados con exóticos delirios.

La noche concluye y al día no le queda más remedio que saludar pudoroso.

Como funambulistas trompicantes, tras la amanecida, mantenemos un equilibrio kinestésico de palabras imposibles que saboreamos como si hubieran nacido en ese preciso y único instante.

Obligados a pasar el día sobre ascuas chirriantes, con una ajenidad blindada y con la placidez y despreocupación que solo parecen tener las ovejas, pronto nos alcanza de nuevo la noche y, de repente, mágicamente, volvemos a ser nadie.

El sombrero inquieto

No suelo recordar los sueños, aunque hoy lo hago con una nitidez que me ha hecho precipitarme sobre el teclado, siempre listo para recoger cualquier parodia de vida inteligente.

Era aquel sombrero que resaltaba especialmente en el escaparate, entre otros muchos; suave, ligero, listo para el vuelo, de una elegancia sentimental y profunda.

Me compró un señor vestido con levita, con una pátina antigua de la que no podía desprenderse por más que deseaba apartarla blandiendo una sonrisa entreverada de nubes.

Cuando me puso sobre su cabeza entendí lo que era el terror y el sudor frío que lo acompañaba.

Aquella era una cabeza perfectamente estructurada, llena por completo de cajones en que se almacenaban, una a una, las ideas.

Arriba, grandes cajones forrados de un rojo intenso para las ideas superlativas, las que pueden sostener el universo; en medio, cajones medianos recubiertos de papel de plata que se mantenían alerta, entre dos aguas, porque no sabían si ascender o descender, y en la parte de abajo, cajones forrados de un celeste desvaído que contenían pequeñas ideas, tan cotidianas y vulgares como pequeños neherdentales imberbes.

Tan horrorizado estaba que alcé el vuelo y caí sobre la cabeza de una joven que pintaba cuadros en mitad del parque, los regalaba a quienes se paraban a admirar sus trazos precisos y, al caer la tarde, se tumbaba en el parque y me colgaba de la rama de un viejo árbol que me sostenía amorosamente.

Su cabeza contenía colores infinitos, que se mezclaban entre sí bailando al son de una música dulce, apenas audible, pero que nunca paraba.

Sin duda, había mejorado. No obstante, me asustaban ciertas combinaciones desordenadas que aparecían de repente, sin esperarlas, y que escapaban a cualquier atisbo de orden razonable. Allí no había estructura, solo mezclas sin control y música desordenada que acababa convertida en un molesto ruido de fondo.

Emprendí el vuelo de nuevo y tuve la suerte de aterrizar sobre la mullida cabeza de un perro callejero, lanudo y despreocupado, que me portaba con un trote feliz.

Su cabeza estaba completamente vacía, pero la compensaba con un grácil movimiento de cola, de una suave contundencia, y un gruñido zumbón que me arropaba en los días de viento.

Creo que la pesadilla se ha tornado finalmente en dulce sueño, cuando por fin encontré mi aposento definitivo.

Yo no soy yo

No sé cuándo me di cuenta de que yo no era el que habitaba mi cuerpo.

Creo que fue, y hablo por aproximación, cuando ya rondaba la sesentena.

Pensé que entraba en un tiempo nuevo, que empezaba un periodo de mi vida en el que ya me encaminaba inevitablemente hacia el final. Me quedaba menos por delante que el tiempo que ya había recorrido hasta ese momento.

Sin saber por qué, ni querer saberlo, me miré las manos, delgadas, venosas, con un anillo plateado cincelado de signos celtas en el anular. Pude ver con sobrecogedora nitidez que se movían por su cuenta, de forma autónoma, más allá o más acá de cualquier orden que pudiera salir de mi cerebro.

En ese momento, lo supe. No necesité más.

Aquellas manos que siempre había creído mías no lo eran; tan solo eran unos apéndices situados al final de mis brazos que simulaban estar o haber sido domesticadas, pero que en realidad no me obedecían, nunca me habían obedecido.

Ignoro por qué no lo supe o no me percaté de ello hasta entonces, quizás porque no me paré a mirarlas con el imprescindible detenimiento hasta ese instante o porque no quise, ni supe, o no me plegué a rendirles el merecido tributo que, sin duda, merecían.

Por pura desidia, en fin.

Pero si las manos actuaban por su cuenta —pensé—, ¿por qué daba por supuesto que el resto del cuerpo me pertenecía?

Dando un repaso a mi vida, con una rapidez digna del mejor improvisador, de alguien que lleva a gala un carácter impulsivo, nada racional, me percaté de que todo cuanto me rodeaba había surgido de un conjunto de decisiones que yo jamás hubiera tomado, por lo que es imposible que fueran mías.

De lo cual deduje, con una clarividencia que se me antojaba ajena, que la persona que ahora era, consecuencia de una serie de imposturas sucesivas, no podía ser yo, sino aquella que yo mismo, tras una serie de equivocaciones que ya no permitían vuelta atrás, había fabricado de forma artificial. Como un androide manejado por otro androide que, a su vez, era manejado por alguien al que jamás podría conocer.

Por tanto, evidentemente, ni yo, ni en realidad nadie, debemos creer que somos nosotros mismos, hasta que logramos olvidar por completo lo que hemos sido.

Marinero en tierra

La lluvia cae fuera con una suavidad callada, con el mismo ritual mundano y siempre nuevo con que se perpetúa el silencio.

El mar recibe la intromisión agradecido, con una sonrisa devota e indulgente, haciendo batir sus aguas en olas antiguas y ligeras, de otro tiempo.

Hace pensar que es ayer, aunque sabiendo, con la seguridad de quien apuesta contra toda certeza, que está siendo mañana.

La montaña, detrás, se va tiñendo de primavera, a medida que el suave flujo de la lluvia la llena de esperanza.

Bajo el emparrado, descolocado, con la mirada profunda de quien sabe que apenas ha vivido, como casi cada mañana, contempla caer la lluvia, lejos ya de ese mar que siempre fue su cobijo.

A modo de saludo

Sentado en mi sillón de trabajo, tras la mesa de mi oficina, en mi despacho, me escondía de la tronante realidad de un junio soleado e irreverente, en el seno de un edificio completamente vacío.

Era sábado, una tarde de sábado de principios del verano, de aquellas en que ya nadie trabaja, en que trabajar está prohibido por la *sharia* que nos impone Occidente.

No se oía un ruido, nadie respondía a la tímida llamada del teclado que nerviosamente aporreaba sin esperar encontrarle ningún sentido a cuanto ante mí aparecía, a lo que empezaba a caminar sobre el blanco que todavía, casi por completo, colmaba la pantalla.

Me había sido difícil entrar; todas las puertas, salvo una, estaban cerradas, si bien finalmente, no sin dificultad, la encontré y, empujándola con fuerza, aunque con pocas ganas, accedí al inmueble, rompiendo un silencio que, de tan abrumador, me pareció insignificante.

Fui directo al ascensor central y esperé a que bajara con su acostumbrado chirrido, que era sin duda el equivalente a la tos improductiva de quien ha vivido ya toda una vida y la siente a punto de acabar.

Esperé pacientemente, comprendiendo la dificultad de la bajada desde el quinto piso para un viejo amasijo de hierros sin entraña, y cuando vi que la puerta se abría con la lentitud acostumbrada, entré y pulsé el botón del cuarto piso, que tardó en poner en marcha el mecanismo, pero que, por fin, pareció dispuesto a obedecerme.

Mientras miraba fijamente el parpadeo de la luz siniestra alrededor de un gastado número cuatro, traté de prestar atención y apreciar algún ruido que rompiera el peso inquebrantable del silencio. Pero nada se escuchaba más allá del traqueteo de la cabina en su reumático ascenso.

Por fin, alcanzó la planta y con una dulzura exasperante abrió las puertas para que pudiera salir, atravesar un pequeño puente, girar a mi derecha y alcanzar la puerta número doce.

Al dejar de oírse el quejido del ascensor, empezó a escucharse el sonido de mis pasos al tamborilear sobre el suelo de madera.

Un escalofrío inexplicable me recorrió cuando me paré, instalando en mí una impresión lúgubre que me hizo dudar sobre si sería conveniente abrir aquella puerta.

Sin querer atender a aquella señal que, sin duda, era la voz de la sensatez, introduje la llave en la cerradura y, al tiempo de girarla, tuve la certeza de que yo mismo estaría dentro, tras la mesa, al fondo de la habitación, esperándome con una sonrisa estúpida, la misma con la que recibía a todo el que se acercaba a visitarme.

Sin saber por qué, enfrascado como ya estaba en aquel maldito relato que me estaba costando terminar, alcé la cabeza al percibir el sonido de la llave en la cerradura y no pude por menos que, como en un automatismo pavloviano, esbozar mi sonrisa acostumbrada.

Sin sorpresa, pues era la única persona que habitaba el edificio, vi que era yo mismo quien aparecía tras la puerta; había venido desde el otro lado, desde el lado en que habitan los sueños y en el que a veces se cuelan las pesadillas.

No tuve más remedio que ofrecer mi mano desarmada, a modo de saludo.

Felicidad pavloviana

Todo a mi alrededor se había convertido en cotidiano; poco a poco se había acostumbrado.

La cama, que me quedaba corta, con las sábanas revueltas y sucias, parecía siempre a la espera de una limpieza que acabara con su permanente olor a humedad y sudor.

La mesa, coja y destartalada, que asomaba a su izquierda y había perdido por completo el color, estaba adornada de miles de autógrafos acuchillados.

La pared desnuda y con tanto desconchón que parecía un cuadro contemporáneo robado de cualquier museo de una ciudad provinciana, no servía de mucho consuelo.

Las huellas indelebles, que habían convertido el piso en una masa informe por la que no apetecía pasear, ponían fin al único paisaje del que había podido disfrutar los últimos años, pues no había ventana alguna que dejara pasar la luz. Tan solo una bombilla desnuda que se encendía a intervalos irregulares para evitar que su luz pudiera representar una esperanza.

La puerta, por su parte, solo se abría dos veces al día, siempre en una hora impar, para dejar pasar un plato con comida tibia, una botella de agua templada y un aire tan rancio que precedía siempre a mis lágrimas.

También dejaba pasar, como un regalo memorable, al hombre uniformado que se abalanzaba sobre mí para golpearme sin piedad.

Cuando veía aparecer sus rotundos dos metros, que solo podían atravesar el estrecho hueco si agachaba la cabeza, me echaba en la cama, me cubría la cabeza, cerraba los ojos y empezaba a rezar las pocas oraciones que recordaba de mi lejana niñez, esperando el único alivio que se me permitía: el cese de los golpes y el chirrido de la puerta que se cerraba dejando un rastro de paz que me acompañaría hasta la próxima vez.

Aquel era el único momento de sosiego que se me permitía, por lo que, poco a poco, empecé a anhelar la entrada de aquel sujeto que me golpeaba con tanta profesionalidad y saña, porque ese dolor intenso era, sin duda, el anuncio de la felicidad.

Ahaaa

No recuerdo el día en que fallecí.

Era un día soleado de primavera, un día apropiado para celebrar la vida.

El sol calentaba lo justo, eso sí lo recuerdo perfectamente.

Con los ojos cerrados sentía su cálida y sensual caricia.

No entiendo por qué, pero fue ese día el que elegí para abandonar la complicada tarea de existir.

Y además lo hice de un modo traumático y sorpresivo, adentrándome en este reino de sombras en el que ahora me encuentro.

Aunque, por más que lo intento, según empecé diciendo, no puedo recordar la fecha exacta en la que me fui.

—Ahaaa…

Quisiera acordarme y poder decírselo con precisión, pero me es imposible. No lo recuerdo por más que trato de retrotraerme a aquel día.

Puedo, eso sí, verlo, olerlo, tocarlo, degustarlo, de tal forma que, si no le estuviera relatando el episodio de mi muerte, pensaría que estoy vivo todavía.

Solo sé que fue como un cambio, un gran cambio, más aún, diría yo que representó, obviamente, EL CAMBIO, inesperado y chocante, a un estado completamente nuevo.

—Ahaaa…

En fin, no solo quisiera poder decirle qué día fue, sino contarle todo lo que sentí al abandonar el mundo de los vivos, un mundo que ahora no echo de menos, pues lo recuerdo lleno de traumas, ansiedades, depresiones… cada vez más enrevesadas e irresolubles.

A las que, por cierto, nada ayudaba el inútil psiquiatra, en cuyo diván me tumbaba cada semana y que se limitaba a cobrarme una cifra nada desdeñable por decir «ahaaa» con distintos tonos y modulaciones que ni siquiera se molestaba en acompasar a lo que le estaba contando…

—Ahaaa…

Por eso lo maté.

En mitad de la consulta le clavé un cuchillo nada menos que seis veces.

Ni tiempo le di para decir su último «ahaaa».

—Ahaaa…

El abrazo

Me dio un abrazo fraternal, de esos que solo se dan a los amigos íntimos cuando hace tiempo que no los ves, o a los enemigos hondos a los que has cogido cariño después de haberlos soportado durante tantos años habitando tus sueños y protagonizando cientos de venganzas tan solo bosquejadas.

O de esos que reciben los ciudadanos incautos de un político que, en plena campaña electoral, simulan colmarles de cariño.

Enseguida me empezó a hablar, con una verborrea sin tregua, de nuestros años en la mina de carbón, allá en nuestro Mieres natal, y de las extenuantes jornadas en túneles oscuros en que los gases, internos y externos, siempre acechaban.

—Menos mal —siguió relatando— que nos libramos de aquello, viniendo a esta Marbella en que ahora nos encontramos, en donde hasta nuestra jubilación estuvimos intentando apagar los fuegos de un bosque cada vez más mermado, formando parte de una cuadrilla forestal en la que compartimos camaradería y aventuras, hasta que llegamos a nuestro bendito estado actual de jubilación activa.

—Desde entonces no nos veíamos —me recordó— y también le vino a la memoria que en ese tiempo me dejó con siete hijos, cuyos nombres sabía y enumeró sin esfuerzo: dos chicos y cinco chicas.

Fue inevitable seguirlo hasta un bar, aquellos lugares en que todo suele empezar, y comenzar con una cerveza bien fría, para continuar con incontables vasos de un vino tinto y rondeño que hacía que la lengua se le trabara y pudiera interrumpirlo para, en plena euforia, recordarle los peligros que nos acechaban en la mina, su oscuridad sin retorno, la sorpresa de la luz al llegar a Málaga, una luz magnífica y perpetua que todavía nos acompaña, pero también los calores y peligros que nos asaltaron en los numerosos incendios que ayudamos a atajar.

Le relaté, también, lo orgulloso que estaba de mis siete hijos, todos los cuales habían alcanzado el éxito profesional, hasta el punto de que uno de ellos se movía como pez en el agua en el mundo de la televisión de fácil consumo, comentando las vidas ajenas para intentar tener una vida propia cuando menos aseada.

Alabé la dedicación de mi esposa y cómo juntos habíamos sacado adelante una bonita familia, que se coronaba con un perro fiel, cinco gatos traicioneros, un canario flautista y un loro faltón.

Volví a mi diminuto apartamento vacío, sonriente y agradecido por la camaradería y el abrazo sincero y apretado con el que me despidió casi de amanecida aquel completo desconocido.

Palabras enredadas

Apenas había abandonado las oscuras regiones a las que el sueño suele conducirnos, cuando pude atisbar una luz mortecina procedente del piso inferior.

Me resultó extraño porque juraría que la noche anterior había apagado todas las luces.

Bajé con cautela, procurando no hacer ruido, aunque con la tranquilidad de saber que mis pisadas quedarían amortiguadas por la cálida moqueta.

Apenas había llegado abajo cuando pude ver los libros cubriendo por entero el suelo del amplio salón, sin dejar un milímetro libre.

Daba la impresión de que alguien, en un estado de desesperación, los hubiera sacado de las estanterías uno por uno para lanzarlos, de forma azarosa, al aire, sin preocuparse del lugar en que podrían caer ni del daño que podría causarles.

Algunos permanecían cerrados, otros habían quedado bocarriba; me llamaron la atención los que se mostraban como diminutas y coloridas tiendas de campaña y los que formaban deslavazadas torres que parecían acababan de ser tomadas al asalto por un pequeño ejército de salvajes que gustara dejar a su paso muerte y desolación.

Eran, ahora empezaba a entenderlo, cadáveres abandonados tras una cruenta batalla.

Después de la lucha, que ahora imaginaba con la precisión con la que solo puede verse lo que nunca ha ocurrido, aquellos insignificantes seres orgullosos y arrogantes, sin duda crueles, habían conseguido su objetivo.

Habían logrado que las palabras se enredaran de tal forma que, si se aguzaba el oído, podía escucharse un murmullo ininteligible, como el que suele salir de la boca de un bebé, de un loco parlanchín o de un borracho en su triste regreso a casa después de horas persiguiendo el delirio.

El caos se había apoderado de repente del mundo; los pensamientos se congelaban a medida que abandonaban su sagrado refugio para morir en un vano y desesperado intento de desatar aquel magma indescifrable, una vez que las palabras se habían enredado.

Única escena

Intuyo dubitativos pelícanos de pico rosado destruyendo sueños recién horneados, apenas nacidos.

Observo cómo dejan atrás falsas cucharas, simples como el rocío, para perderse en la complejidad de las tímidas nubes.

Se desencuentran veloces, temblorosos, con la inercia de un feroz atavismo.

Desde su risa sorda nos contemplan, viéndonos correr inseguros hacia lugares en los que nadie nos espera.

Ya lucen carcajada cuando el humo nos ciega, mientras salimos una y otra vez a repetir nuestra única escena.

Hoy he comprendido
que no me habito

El calendario se trastocó definitivamente hace mucho tiempo, se fue sin dejar recado, cambió de fechas e hizo que volcara todas mis ausencias en un solo instante que, de pronto, se convirtió en todos los instantes.

No había duda, estaba en la encrucijada que siempre había buscado, en la que por fin me daba cuenta de lo evidente: que yo no era yo, ni nunca lo había sido, ni siquiera podría serlo algún día, pero en la que también me percataba de que tampoco era, ni nunca había sido, ni podría llegar a ser otro distinto.

La empatía, por fin, se convertía en lo que de verdad es: en un bocadillo de salchichón sin pimienta que, perezosamente, acompañado de un largo bostezo, se transmuta en resiliencia, una resiliencia que, como todo el mundo sabe o debería saber a estas alturas en que el tiempo se ha detenido, no es sino un vulgar trozo de mortadela sin aceitunas, totalmente yerma y que ha sufrido, de manera inesperada y a traición, la emboscada de dos rebanadas de pan de molde.

Como a cualquier persona de bien, esta clarividencia que de pronto me asaltó sin haberla convocado me provocó unas extrañas ganas de llorar lágrimas aborrascadas, las que preceden a la risa espasmódica que nos convierte en fantasmas de un tiempo en el que, tras un atracón de felicidad intermitente y prematura, el hipo nos asoma por las narices, produciendo un sonido azul del que salen pájaros negrísimos, de un negro inquebrantable, de esos que dan vueltas sin querer, pidiendo perdón en la angostura del cielo, a la búsqueda desesperada de una brizna de viento que ya hace tiempo dejó de rugir entre las nubes.

En fin, soy tan previsible que solo sueño que soñaba, porque estoy condenadamente despierto y noto mi corazón latiendo con tal fuerza que cierro los ojos y me abandono a este sueño en el que nos sentimos tan vivos que hemos llegado a la equívoca convicción de que el mundo gira al ritmo de una música milimétricamente ajustada al pobre registro que queremos imaginar que guía nuestros días.

Esos días en los que, al no habitarme, como nunca me he habitado ni podré hacerlo, me instalo definitivamente en la certeza de que mañana no será nunca mañana.

Mi padre

Mi padre era el mejor relojero de la ciudad.

Reparaba todos los relojes importantes de Praga.

Los ponía en hora, lograba que no se retrasaran ni un segundo, que su sonido fuera limpio y que mantuvieran un lustre especial, del que sus vecinos se enorgullecían y que admiraban los foráneos.

Hasta que llegaron las malditas pilas que se suponía eran capaces de dotar a todos los relojes de una hora exacta, aunque algo aséptica.

El progreso, dijeron, al agradecerle sus servicios y prescindir de él de forma definitiva.

Desde entonces, se mueve como un autómata y ha perdido la destreza.

Sentado en su sillón, con la mirada perdida y un rostro envejecido, solo sonríe cuando la ciudad alcanza las horas a destiempo.

Chesterton tenía razón

Creo que Chesterton tenía razón.

Falta una sinrazón poética sobre el queso.

Sin motivo alguno, como se hacen todas las cosas verdaderamente importantes, las que marcan una vida, me levanté dispuesto a remediarlo de una vez por todas.

Extendí sobre la mesa:

Una torta del Casar, de las que se desparrama sin remedio, ni propósito.

Un queso manchego que es su contrapunto serio y cabal.

Un Cabrales que llenó el edificio, y hasta el barrio, de olores.

Un cebreiro impregnado de sierra, de frescura galaica.

Un payoyo lleno de gracejo, que no sabe pronunciar las eses.

Y como concesión indudable, y completamamente necesaria, un Cheddar que se sentía algo perdido e incómodo entre tanto compañero extranjero.

Siendo el Corpus, las fiestas patronales de Granada, la ciudad de mis sueños y de mis pesadillas, me puse un traje de faralaes, exuberante, de colores y rizos imposibles, con la mantilla y la peineta a juego, bien ajustadas, y unos zapatos rojos, convenientemente espejiles de tan lustrados, que hacían con el traje un conjunto de aroma feriado, de la forma en que uno imagina a los andaluces, es decir, a los habitantes de la zona occidental de Andalucía, totalmente extraña y contrapuesta a la seriedad del oriente andalusí en que alcanzó la fantasía.

Encendí el radiocasete e introduje una cinta de ese juglar que ya tenía el pelo blanco y la camisa negra cuando yo calzaba babero y que destrozaba a Machado sin piedad.

De esa guisa, con la música a todo trapo, a todo lo que daba un viejo aparato que todavía reproducía cintas musicales, que era tan inútil que no servía para otra cosa, di buena cuenta de aquella sinfonía de sabores y texturas.

Intenté remediar de ese modo farandulero que me es tan grato, a mi manera, como un Frank con más nata, una omisión que había comprendido, después de una profunda meditación que era inevitable desembocara en disfraz, se había tornado insoportable.

A Chesterton, sin duda, le habría gustado.

Epílogo

Liquidación por cierre

El viento azotaba las neveras
que tristemente corrían hacia el infinito,
deseosas de atrincherarse en la cálida orilla del río.
Un río seco de tanto llorar sus aguas
en la madriguera crepuscular del hombre.
Allá donde mora el apacible manzano
y se esconde el negro e insignificante moscardón.
Así era, yo lo vi:
La felicidad esparcía metáforas
y regalaba golondrinas.
Mientras, nosotros, en liquidación por cierre,
nos conformábamos con ser tenuemente mortales.

Sobre el autor

Nací un 17 de enero de 1965, en el siglo pasado, en Córdoba. Al poco de nacer mis padres se trasladaron a Granada, la ciudad en que casi nací, y allí di mis primeros pasos y seguí andando, ya que estaba en ello, hasta los treinta años, cuando abandoné la ciudad para pasar por varias localidades andaluzas (Campillos, Málaga, Huéscar, Loja, Ronda) hasta acabar en el sur del sur, entre dos mares, donde ahora resido.

Me eduqué, o encauzaron mis excesos de infante rebelde y libre, en el Colegio Barrio Figares de Granada, un colegio público donde eran famosos, y gordos, los chinos que cubrían el patio, que nos abrían unas brechas que permitían que los conocimientos, e incluso los desconocimientos, entraran a raudales.

De ahí pasé al Instituto Experimental Padre Manjón, donde ciertamente los pedagogos experimentaban las últimas de sus ocurrencias educativas y nos sentíamos cobayas humanas. Allí acabaron con cualquier esperanza de que fuera algo más que un hombre de provecho.

Aunque cursé ciencias puras, más que nada porque a mí lo que me gustaba era la literatura, con mi coherencia innata o sin nata, al terminar, me matriculé en Derecho, una carrera para la que, en principio, no tenía dotes ni afición. Pasé por la facultad asistiendo a algunas clases y no pocos bares, aunque aprobando todas las asignaturas, algunas incluso con matrícula, de una forma pasmosa para mí, dada la gran afición que siempre tuve por no hacer nada.

Terminada la carrera, empecé a estudiar las oposiciones a la Judicatura, aunque nunca pasé de aprobar el primer examen teórico. Harto de opositar, dado que mi esposa estaba ya trabajando como farmacéutica en Campillos, cerca de Málaga, decidimos casarnos un 21 de marzo de 1993 e ir a vivir a ese pueblo, uno de los mayores productores de cerdos de España, del que siempre recordaré su aroma.

A continuación opté a las plazas de juez sustituto y me nombraron para ejercer en Huéscar (Granada), donde había un juzgado único, que ningún titular quería, por lo que estuve allí, impartiendo justicia, o lo que quiera se haga en un juzgado, casi seis años. Estando allí, en 1994 nació nuestro único hijo, Manuel Vicente, farmacéutico de profesión y músico de corazón.

Estuve a continuación, también como juez sustituto, en Loja y cuando acabé allí nos trasladamos a Ronda, donde ejercí durante un año como secretario judicial.

Tras ese periplo, compramos una farmacia en Cortijillos (Los Barrios), donde mi esposa ejerció de boticaria de pueblo y yo me instalé como abogado en un piso, justo encima de la oficina de farmacia. Desde ese momento he ejercido de abogado en el Campo de Gibraltar, donde llevo ya veinticinco años y he aprendido a que me guste mi profesión y a ejercerla con cierto oficio.

En cuanto a mi afición por la literatura, surgió de la auténtica obsesión de mi padre y mi madre por ella y, sobre todo, por mi abuelo, Vicente Risco, al que no conocí, pero del que me di cuenta de que era un auténtico sabio que escribió novelas notables tanto en castellano *(La puerta de paja,* finalista del premio Nadal en 1952) como en gallego *(O porco de pe,* dicen que la primera novela moderna escrita en gallego). Escribía también artículos periodísticos costumbristas y deliciosamente ingenuos, ensayos sesudos y libros inclasificables como, por ejemplo, su *Historia del diablo.*

Con esos precedentes, me enganché a casi todo lo que se escribe, sin inclinaciones firmes, y escribo desde siempre, aunque no lo hice metódicamente hasta el parón que supuso la pandemia; primero crónicas de lo que nos pasaba y más tarde cuentos o relatos cortos, o textos sueltos que se pierden en la lluvia en invierno o en el cielo estrellado de las noches de verano, algo intensos y espero que también algo divertidos, alguno de los cuales se contienen en este nuevo libro, el tercero de los míos.

Índice